KB050381

천마재생 14 완결

초판 1쇄 인쇄일 2016년 2월 20일 ｜ **초판 1쇄 발행일** 2016년 2월 24일

지은이 태규 ｜ **펴낸이** 곽중열 ｜ **담당편집 팀장** 이범수
편집부 신연제 이윤아 김은경 홍현주

펴낸곳 (주) 조은세상 ｜ 출판등록 제 2002-23호
주소   경기도 연천군 미산면 청정로 1355
TEL 편집부 02)587-2966 ｜ FAX 02)587-2922
e-mail bukdu@comics21c.co.kr

ⓒ태규 2015
ISBN 979-11-5832-445-2 ｜ ISBN 979-11-5512-983-8(set) ｜ 값 8,000원

태규太圭 무협 장편소설

천마재생

大魔再生

14

완결

NEO ORIENTAL FANTASY STORY

북두

天魔再生

第百三十一章:

그럴 필요가 있을까?

第百三十一章.

그럴 필요가 있을까?

전술과 전략이라는 것이 있다.

전쟁을 위한, 전쟁에 이기기 위한 책략들.

직접 전장에 나서지 않더라도, 선구자들이 기술한 병법서라는 서책들을 통해 배울 수 있다.

희공은 어렸을 무렵 병법서를 즐겨 읽었다.

전쟁에서 이기는 방법이라니.

얼마나 재미있을까.

그런 기대 때문이었다.

하지만 병법서 안에 서술된 내용은 너무도 치졸하고 간사하며 음흉했다.

하기에 어렸던 희공은 이해할 수 없었고, 받아들일 수

천마재생

없었다.

전쟁이란 정정당당해야 하고, 정면승부를 통해 이겨야만이 진정한 승리라고 여겼기 때문이었다.

하지만 그가 읽은 병법서는 전쟁은 그런 뜨뜻미지근한 것이 아니라고 이야기 했다.

승자만이 모든 것을 차지하고, 정의를 말할 수 있다고 했다.

아니, 정의롭지 않았더라도 정의일 수 있다고 했다.

승자가 바로 정의이니까.

세상의 차가운 이치라고 했다.

나이가 들며 희공은 그 이치를 깨닫게 되었고, 병법서에 기술된 전술과 전략에 알기 위해 다시 병법서를 폈다.

승자가 되고 싶어서였다.

정의가 되기 위해서였다.

어느 상황에서도 승자가 될 수 있는 필승의 전법을 찾으려 노력했다.

그리고 희공은 어렵지 않게 찾아낼 수 있었다.

모든 병법의 서책에 수록된 필승의 책략이란 똑같았기 때문이었다.

전력적으로 절대적인 우위로 상대를 압도하는 것!

희공은 황당함을 느껴야 했다. 그리고 화가 났다.

그딴 것을 반드시 이길 수 있는 궁극의 전술이며 전략

이라고 서술하다니.

어린 아이라도 알 수 있는 방법이지 않은가.

그리고 절대적인 우위를 갖추고 있다면 상대가 스스로 원하는 것을 내놓을 것이니, 전쟁 자체가 벌어질 리도 없다.

속은 기분이었다.

하지만 흥분을 가라앉힌 후 차분한 마음으로 생각을 정리를 하고 나자, 나름 납득할 수가 있었다.

절대적인 우위를 갖추는 것.

그로써 전쟁이 벌어지는 것을 미연에 방지하라는 것이다.

굳이 전쟁을 치르지 말고 이기라는 것이었다.

병법가라는 녀석들은 전쟁을 그다지 좋아하지 않는 구나라는 생각이 들었다.

하기야 그럴 만도 했다.

병법서를 쓸 정도로 전쟁을 잘 아는 놈들이 전쟁을 좋아할 리는 없겠지.

아니지.

굳이 병법가뿐만이 아니라, 사람이라면 누구라도 그럴 것이다.

그렇게 생각하며 병법서를 접었다.

그리고 잊었다.

지금까지는.

천마재생

"있구나……. 있었어."

희공은 떨리는 목소리로 그렇게 중얼거렸다.

전쟁을 잘 알면서도, 전쟁을 벌이기를 즐기는 마귀 같은
놈들이!

승리라는 목적을 획득하기 위한 수단으로 전쟁을 벌이
는 것이 아니라, 그저 전쟁 그 자체를 목적하는 미친 것들
이!

백여 명의 적을 맞이하여 싸우는 그의 오천 정예는 마치
잘 익은 벼줄기 같았다.

그리고 그들을 헤집고 다니는 백여 명의 적은 낫을 든
능숙한 농부 같았다.

백여 명의 악귀와 오천의 정예 간의 싸움은 그토록 압도
적이며 일방적이었다.

저렇게 쉽게 죽어갈 수도 있는 걸까?

저렇게 참혹하게 죽일 수도 있는 걸까?

희공은 미칠 것만 같았다.

오천 명의 정예병은 그가 분초국의 왕으로 등극하기 위
해 어렵게 꾸려온 사병이었다.

본래 공의 지위에 보유할 수 있는 사병은 오백 명으로
엄격히 제한이 된다.

그 이상으로 사병을 늘인다면 모반을 획책한다고 여겨
져 모든 것을 잃는다.

희공은 그런 위험을 무릅쓰고 제한된 사병인원의 열 배나 되는 오천이라는 사병을 양성하였다.

염황의 은밀한 지원이 있었다고는 하지만, 고난의 연속이었다.

그렇게 이루어낸 오천의 사병은 희공이 가진 가장 큰 재산이었다.

모든 것이라고 하여도 무방했다.

그런데 사라지고 있었다.

없어지고 있었다.

저토록 허무하게 말이다.

"아, 안 돼."

희공의 두 눈에서 굵은 물줄기가 흘러내렸다.

누가 꿈이라고 말해주었으면…….

그저 악몽이라고 해주었으면…….

하지만 그의 곁을 지키는 세 명의 홍화무장은 이리 말할 뿐이었다.

"빠져 나가셔야 하오."

"저희가 길을 열겠소이다."

"저희를 따르시오."

희공은 그들의 말을 귓등으로 흘렸다.

들었지만 들리지 않았다.

이미 끝이었다.

천마재생

희공은 염황의 재가없이 독단적으로 사병을 이끌고 나섰다. 성공하면 일등공신이지만 실패하면 역적이라고 할 짓이었다.

그러니 이미 죽은 것이나 다름없었다.

차라리 지금 이 자리에서 죽는 것이 모진 고초를 겪지 않고 깨끗하게 갈 수 있는 유일한 방법일 수 있었다.

하지만 희공은 선택할 수 없었다.

홍화무장 중 하나가 그를 끌어안고 몸을 날렸기 때문이었다.

희공은 크게 입을 벌렸다.

놓으라고 외치려 했지만, 아무 말도 흘러나오지 않았다.

그를 안은 홍화무장이 그의 아혈을 막아버렸기 때문이었다.

홍화무장이 사나운 어조로 말했다.

"시끄러. 네 놈의 응석을 받아줄 시간은 없어."

희공의 얼굴이 붉게 물들며 일그러졌다. 하지만 바로 포기했다는 듯 얼굴에 힘을 풀었다. 아니 저절로 풀렸다.

홍화무장의 태도가 이렇게 돌변한 건 자신이 실각했다고 여기기 때문이었다.

그래, 끝이다.

이제 희공에게 남은 건 여기서 죽는지 아니면 염황의 앞까지 끌려가 죽는지의 차이일 뿐이리라.

스으으윽.

홍화무장은 빠르고 은밀하게 전장에서 멀어져 갔다.

덕분에 희공의 귀로 스며들어와 가슴을 찢어버릴 것 같던 사병들의 비명소리는 점점 작아져만 같다.

빠르게 멀어져가는 전장을 바라보고만 있던 희공은 어느 순간 두 눈을 감았다. 차라리 다행이라는 생각이 들었다.

이렇게 끌려가 염황의 앞에 선다면, 그냥 죽지는 않을 것이 뻔했다.

하지도 않은 온갖 비리와 부패의 원흉으로 지목되겠지.

대부분이 염황 본인과 그의 충실한 수족의 짓이지만, 이렇게 누군가 실각할 때마다 미리 준비된 무덤처럼 버려진 자의 몫으로 사라진다.

그 과정 중에 수많은 고문을 받게 될 것이다.

그저 받아들이겠다고 하여도 고문을 피할 수는 없다.

어째서냐고 물으면, 그저 당연한 수순이라서 라는 말만 돌아올 뿐이겠지.

그러니 자신의 꿈과 모든 것이 사라지는 참혹한 광경을 지켜보는 고문 같은 슬픔은 이렇게 해서라도 덜어내는 것이 나쁘지 않다 싶었다.

결국 어느 순간부터는 바람이 갈라지는 소음 외에는 아무 소리도 들리지 않았다.

천마재생

희공은 이제 되었나 싶어 감았던 두 눈을 천천히 벌렸다.

그때였다.

콰아아아아앙!

폭음이 터지며 사방이 흔들린다.

희공은 자신의 몸이 이리저리 휘도는 것을 느꼈다. 잠시 뒤 몸이 안정되었을 때, 누군가의 목소리가 그의 귀에 스며들었다.

"누가 도망치도록 놓아둔다더냐?"

희공은 눈동자를 굴려 목소리의 주인을 찾았다.

하지만 그보다 먼저 그의 눈에 들어온 건, 홍화무장 한 명의 시체였다.

홍화무장이 죽다니.

물론 죽을 수도 있다.

홍화무장도 사람이니까.

하지만 홍화무장은 이토록 허무하게 죽을 수 있는 존재가 아니다.

피를 말리는 추적과 허를 찌르는 함정이 필요하다.

제후국의 한해 살림 정도는 될 만한 물자와 인력, 그리고 시간을 투자해서야 겨우 홍화무장을 죽일 수 있다.

그 과정과 대가를 치르지 않고 홍화무장을 죽였다니.

그렇다는 건 단 하나뿐이다.

지금 나타난 자가 홍화무장을 능가하는 고수라는 것.

'그 외팔의 노인이 쫓아온 건가?'

희공은 떨리는 시선을 억지로 고정하여 천천히 위로 들어올렸다.

그곳에 어둠에 휩싸인 청년 한 명이 서 있었다.

이 청년은 또 누굴까?

외팔의 노인이 아니라는데 안도했던 마음이 청년과 눈이 마주치자 씻은 듯 사라졌다.

'염황!'

희공은 또 염황을 떠올렸다.

그가 아니라면 이런 위압감을 줄 수 없으니까.

외팔의 노인 외에도 이런 자가 또 있다니.

그렇다면 더 있을 수도 있다는 것인가?

'내가 무슨 짓을 한 거지?'

어둠을 휘감은 사내가 발을 내딛어 희공 쪽으로 다가왔다.

그러자 희공의 앞을 한 사람이 가로 막았다.

홍화무장 중의 수장인 대머리 노인이었다.

그 순간 청년이 빙긋 웃었다.

"정말 똑같군."

대머리 노인이 말했다.

"보내주실 수는 없는가?"

"당신을 보지 못했다면 그랬을지도 몰라."

대머리 노인이 눈살을 좁혔다.

"나 때문이다?"

어둠에 휩싸인 청년, 괴겁마령은 고개를 끄덕였다.

"그래. 당신은 오륜마야라 불렸던 분과 너무 닮았거든."

대머리 노인이 꿈틀거렸다.

"나를 아는가?"

괴겁마령이 고개를 저었다.

"아니. 당신은 모르지. 당신을 닮은 사람만 알지. 그 분이랑 꽤 친했어서."

"얼마나?"

"나는 그분을 할아버지라고 불렀고, 그 분은 나를 손자라고 불렀지."

대머리 노인이 신음을 흘렸다.

"그렇군. 보내주기 힘들겠어."

"이해해주니 고맙네. 그 얼굴, 참 그리웠는데 이렇게 마주하니 참 뭐라고 해야 하나?"

잠시 말을 멈췄던 괴겁마령이 환하게 웃으며 한 마디를 툭 뱉었다.

"좆같아."

ㅅㅇㅇㅇㅇㅇㅇㅇㅇ윽!

괴겁마령이 어둠이 되어 갔다.

이 어둠은 너무도 검다.

어둠의 표면 위로 수백 개의 붉은 눈동자가 떠오른다.

이 눈동자는 너무도 붉다.

지금 괴겁마령의 심정이 어떠한지를 알려주는 듯했다.

어둠 속에서 괴겁마령의 목소리가 울린다.

"나의 조부님께서는 결코 등을 보이는 사람이 아니었다. 평생에 단 한 번 등을 보인 적은 있었지. 나를 살리기 위해서. 하여 묻겠다. 너는 어찌하여 등을 보인 게냐?"

대머리 노인이 뭐라 말을 하려다 말고 그저 입만 우물거렸다.

괴겁마령의 목소리가 울렸다.

"나의 조부께서는 입이 아닌 손과 발로 말을 하던 분이셨다. 넌 누구냐?"

대머리 노인이 이를 악 물더니, 어둠을 향해 달려갔다.

어둠 속에서 수백 개의 불덩어리가 쏟아져 나온다.

불덩이는 하나하나가 늑대의 형상으로 바뀌더니, 대머리 노인을 향해 달려들었다.

뒤이어 광풍이 몰아치더니 거대한 뱀이 되어, 희공을 안고 있는 홍화무장에게 달려들었다.

희공을 안고 있던 홍화무장은 몸을 날렸다. 그리고 희공을 던져 버리고 칼을 뽑아 들었다.

천마재생

그렇지 않으면 바람으로 이루어진 거대한 뱀을 상대할 수 없다는 판단이었나 보다.

바닥에 떨어진 희공은 일어나지 못하고 벌벌 떨었다.

일어나자니 바람의 뱀이 뿜어내는 광풍에 몸이 날아갈 것만 같았고, 기어서라도 도망치자니 수백 마리나 되는 화염의 늑대들이 먹잇감인 줄 알고 달려들 것만 같았다.

그러니 벌벌 떨며 홍화무장들의 싸움을 지켜볼 수밖에 없었다.

제대로 보이지도 않았다.

눈도 제대로 뜰 수가 없어서였다.

어느 순간 불꽃은 사라졌고, 바람도 멈췄다.

싸움이 끝났음을 깨달은 희공은 눈을 번쩍 떴다.

대머리 홍화무장은 보이지 않았다.

그가 서 있던 곳에는 어둠에 감싸인 청년, 괴겁마령 만이 남아있을 뿐이었다.

괴겁마령은 땅바닥에 뭔가가 있는지 내려 보며 속삭였다.

"그래도 비명은 지르지 않는 군. 그건 비슷해."

희공의 눈동자가 돌아가 자신은 안고 여기까지 데려왔던 홍화무장을 찾기 위해 분주히 움직였다.

그의 모습이 보였다.

다만 상체만이 있었다.

하체가 사라진 그는 고통을 참을 수 없는지 바닥을 기며 몸부림쳐댔다.

끊어진 그의 하체 쪽에 바람이 아지랑이처럼 일렁거리는 것이 보였다.

마치 바람이 실뱀처럼 홍화무장의 상체로 파고 들어가려는 것만 같았다.

그렇기에 홍화무장답지 않게 저리도 괴로워하는 구나하고 짐작할 수 있었다.

뚜벅, 뚜벅.

괴겁마령이 상반신만이 남은 홍화무장을 향해 다가가더니, 상체를 숙였다.

손을 뻗어 머리를 움켜쥐더니, 질질 끌며 희공 쪽으로 다가왔다.

희공은 깜짝 놀라며 뒷걸음질 쳤다.

하지만 괴겁마령은 이미 그의 앞에 이르렀고, 그의 머리까지 움켜쥐었다.

그렇게 괴겁마령은 희공과 상반신만이 남은 홍화무장을 질질 끌며 화천 쪽으로 걸음을 옮겼다.

그의 걸음은 고된 일과를 마치고 귀가하는 일꾼처럼 경쾌했고, 그렇기에 질질 끌려가는 희공은 더욱 두렵기만 했다.

†

해가 지려나 보다.

서쪽 지평선에 걸린 해는 이불처럼 자신을 덮어오는 어둠을 밀어내려 기승을 부린다.

하기에 노을은 불길처럼 넓고 환하게 번져와 벌판을 불길하게 휘감았다.

노을이 깔린 벌판 위엔 시체가 가득했다.

어둠은 노을에 밀려 시체를 감싸지 못했지만, 그 대신 검은 깃털을 번들거리는 까마귀 떼가 시체에 달라붙어 주린 배를 채우고 있었다.

어디서 이 많은 까마귀가 온 걸까?

혹시 이곳에 오늘 이런 참혹한 광란이 벌어질 것을 미리 알고 주변에서 모여 있었던 것일까?

그랬다면 징조를 보여 미리 좀 알려주었다면 좋으련만.

오천 명의 시체가 널려 있는 벌판을 바라보는 이들은 그렇게 생각했다.

그들은 왕궁에 모여 있던, 역모의 무리들이었다.

화천을 향해 오천의 병사가 다가오고 있다는 소식을 들었을 때, 그들은 장후의 수하들을 도와 싸우거나, 아니면 도망치려 했다.

그래, 솔직히 그들은 도망치려 했었다.

오천의 정예병이라니.

아무리 장후라는 의문의 사내가 홍화무장 셋과 분초국의 제후인 지극화천을 죽이며 화천을 장악했다지만, 오천의 정예병을 상대하는 건 어려울 것이라 여겼다.

혹시 이길 수 있더라도 상당한 피해를 입을 것이다.

그렇기에 역모의 무리들은 잠시 몸을 피하고 상황을 지켜본 후, 결정할 생각이었다.

돕던가, 아니면 그대로 돌아간 후 즐거운 꿈을 꾸었다는 정도로 자족하며 지금처럼 살아가던가.

그런데 이게 뭔가.

고작 백 명 뿐이었다.

물론 그들 중 반 정도는 오천의 정예병과 함께 벌판의 시체가 되어 버렸다.

하지만 고작 오십 명의 희생으로 오천의 정예병을 이기다니.

이런 싸움도 있을까?

믿기지가 않았다.

지금도 장후의 수하들 오십 명은 무기를 굳게 쥔 채 까마귀 떼와 함께 벌판을 거닐고 있었다.

죽은 척하고 있거나, 아직 살아서 꿈틀거리는 병사를 찾아 죽이고 있었다.

지독하다.

천마재생

저들은 처음부터 이 싸움의 끝을 정해놓은 것이었다.

단 한 명도 살려두지 않기로…….

무섭다.

이겼다는 것보다 저들이 이기는 방식이 두렵다.

저들의 적이 된다는 것이 어떤 것인지 알 수 있을 것만 같았다.

멀리 벌판 너머로 한 사내가 걸어오고 있었다.

벌판을 지켜보던 사람들은 일제히 고개를 올려 다가오는 사내를 바라보았다.

괴겁마령이었다.

그의 두 손이 뭔가를 움켜쥐고 있다.

검고 길쭉하고 팽팽하다.

노끈일까?

아니다.

사람의 머리카락이었다.

아니나 다를까, 그의 발밑 두 명의 사람이 질질 끌려오고 있었다.

그들은 반항하지 않았다.

죽은 듯이 그대로 끌려올 뿐이었다.

괴겁마령은 시체의 사이를 가로 질렀고, 그를 멍하니 바라보고만 있는 역모의 무리들 앞까지 다가왔다.

그러고 나서야 손을 풀더니 고개를 숙인다.

"시키는 대로 하였습니다."

역모의 무리들 사이에서 목소리가 흘러나온다.

"내가 시킨 건 이게 아닌데?"

모두가 깜짝 놀라며 목소리의 주인을 찾아 고개를 돌렸다.

장후라는 사내가 서 있었다.

언제부터 이곳에 있었던 걸까?

그게 중요한 것이 아니지.

장후의 주변에 있던 이들은 슬며시 뒷걸음질로 물러났다.

잠시 사이 장후를 중심으로 오 장 정도가 텅텅 비어버렸다.

장후는 그런 것 따위는 보이지 않는다는 듯 괴겁마령만을 보며 말했다.

"내가 분명 모두 산 채로 잡아오라 했을 터인데?"

괴겁마령이 씁쓸한 미소를 머금었다.

"아시지 않습니까?"

장후가 고개를 가볍게 저었다.

"아니. 그건 그 분이 아니다."

"알고 있습니다. 알긴 아는데, 좀 그랬습니다. 죄송합니다."

그러며 괴겁마령은 고개를 숙였다.

장후는 다시 고개를 가볍게 저었다.

"죄송하지 마라. 그럼 나도 미안해지니까."

"죄송해서 죄송합니다."

장후가 피식 웃었다.

"하여간 잘 물어."

그러자 괴겁마령이 고개를 들어 올리고 빙긋 웃었다.

"그래도 뜯어내지는 않지 않습니까?"

"고맙다고 해주랴?"

괴겁마령이 장난스레 몸을 움츠렸다.

"무섭게 왜 그러십니까."

장후가 과장되게 눈을 좁혔다.

"언제 한 번만 제대로 걸려라."

"네, 명령이시라면."

"하여간 잘 빠져나가."

그러며 장후는 고개를 절레절레 내저었다.

그리고 걸음을 내딛어 괴겁마령이 던져놓은 두 명의 사내 앞에 섰다.

한 명은 그냥 놔두어도 곧 죽을 것만 같았다.

두 다리가 보이지 않기 때문이었다.

너덜거리는 옷 사이로 드러난 흉측한 단면부위는 사내의 하체가 본래 없었던 것이라고 말해주는 듯하다.

다른 한 명은 별다른 부상의 흔적은 없었지만, 정신을

잃었는지 그대로 엎드려 있었다.

장후는 가볍게 발을 휘돌려, 상체만 남은 사내와 정신을 잃은 사내의 몸을 돌렸다.

그 순간 지켜보고만 있던 역모의 무리 중 누군가 속삭였다.

"홍화무장?"

그랬다.

상체만 남은 사내의 복장은 분명 홍화무장의 정복이었다.

그렇다면 다른 한 명은?

"희, 희공?"

희공!

분초국의 공 중에서도 악명이 높은 자.

지극화천의 뒤를 이어 분초국의 제후가 될 것이라고 공언되던 그 마귀.

그가 저리 볼품없는 몰골로 누워 있다니.

역모의 무리들은 부르르 몸을 떨었다.

충격적이었다.

의문의 사내 장후가 이곳 화천을 장악할 때 세 명의 홍화무장을 죽였다는 소문은 들었다.

그리고 저 벌판을 채운 시체 중에 홍화무장이 끼어 있다는 말도 들었다.

하지만 홍화무장이 직접 죽는 광경을 본 사람은 없었다.

누군가의 말을 통해 듣는다는 것과 두 눈으로 지켜보는 건 전혀 다르다.

그리고……

"너희가 증오하는 녀석들이다. 기회를 주마. 죽여라."

그렇게 말하며 장후는 주변을 둘러보았다.

그 순간 역모의 무리들이 몸을 파르르 떨었다.

두 눈으로 지켜보는 것과 자신의 손으로 직접 하는 것.

그건 또 다르다.

아니, 아예 다르다!

역모의 무리들은 모두가 충격에 빠졌다.

희공과 홍화무장을 죽인다?

'바로 내가?'

생각만 해도 무서워 몸이 떨려왔다.

이 자리에 있는 이들은 반란을 획책해왔다.

홍화국 내에는 그들의 신상정보가 기록되어 있고, 현상 금까지 걸려 있었다.

물러날 곳이 없는 인생들이라는 거다.

그럼에도 희공과 홍화무장을 자신의 손으로 죽인다는 건 생각도 할 수 없었다.

그들은 이 나라를 전복하기 위해 살았지만, 실제로 이 나라를 장악한 실체들에게까지 그들의 칼이 닿은 적은 없기 때문이었다.

이들을 죽이면 역사가 된다.

기록이 되어 이름이 두고두고 남을 것이다.

만약 홍화국이 무너지지 않는다면?

아찔하다.

만고의 역적으로 남게 되는 것이다.

그렇기에 아무도 나서는 사람이 없었다.

그저 침묵만이 맴돌았다.

장후가 비릿한 미소를 머금었다.

"이제 알겠나? 이렇기에 너희의 나라는 바뀌지 않았던 것이야. 아니지. 바뀔 수가 없었던 것이지. 살짝 건드리기만 해도 무너져 내릴 듯이 이렇게 약하고 조잡한데도 말이야."

그러며 장후는 발을 뻗어 희공의 오른손을 짓눌렀다.

"으아아아아아아아악!"

희공은 몸부림쳤다. 장후의 발밑에 깔린 그의 오른손이 터져버렸는지 핏물을 뿜어냈다.

장후가 말했다.

"밥상이 차려졌으면 젓가락 정도는 들고 자리에 앉아야지. 그저 침만 흘리고 있으면 배가 채워지나?"

사람들이 고개를 푹 숙였다.

그때였다.

29

그들 사이로 한 사람이 걸어 나왔다.

그린 것처럼 예쁜 여인이다.

주가희였다.

그녀는 장후를 똑바로 바라보며 걸어와 희공의 앞에 섰다.

"비켜주세요."

장후가 말했다.

"비키면?"

"젓가락 정도는 들었습니다."

"내 눈에는 안 보이는데?"

"보여드리죠."

장후가 빙긋 웃으며 뒤로 물러났다.

그러자 희공은 벌떡 상체를 일으켰다. 그의 오른손은 형체를 알아볼 수 없을 만큼 뭉개져 있었다.

하지만 고통은 좀 가셨는지, 그의 입은 굳게 다물려 있었다.

희공의 앞에 주가희가 앉더니, 그와 눈높이를 맞췄다.

희공이 그런 주가희를 노려보며 말했다.

"아는가, 나를 죽인다는 게 어떤 의미인지를?"

그 순간 주가희의 눈동자가 파르르 떨렸다.

희공은 그저 분초국의 공이 아니다.

그 이전에 염황의 직계혈손이다.

그러니 희공을 죽인다는 건 이 나라의 이인자인 염황을
건드린다는 의미나 다름없다.

주가희는 갈등을 끝냈는지, 싸늘한 미소를 그렸다.

그러며 손을 뻗어 희공의 목을 움켜쥐었다.

"컥컥!"

숨통이 막히는지 희공의 얼굴이 붉게 물들었다.

주가희가 그런 희공을 노려보며 미소를 더욱 길게 늘어
트렸다.

"그냥 빌어. 무게 잡지 말고. 그럼 살려줄지도 모르잖
아?"

희공은 핏발이 선 눈으로 잡아먹을 듯이 주가희를 노려
보았다.

"네가, 컥, 지금, 커컥, 무슨 짓을, 컥, 컥."

"무슨 짓이겠어? 널 죽일 짓이지. 눈 깔아."

그러며 주가희는 빈손을 들어 희공의 볼을 향해 날렸
다.

퍽!

희공이 날아가 역모의 무리들 속에 파묻혔다.

주가희가 따라와 그의 허리를 발로 눌렀다.

"빌어봐. 살려달라고. 누가 알아? 살려줄지도."

희공이 외쳤다.

"네 년을 가만두지 않겠다! 십족을 멸하리라!"

"이미 멸할 십족은 없어. 너희가 다 죽였거든. 그러니 협박을 하려면 좀 머리를 굴려. 아니면 빌던가. 못 빌겠어? 그럼 빌게 만들어 주지."

주가희가 발에 힘을 주었다.

두둑.

뼈가 부러지는 소리와 함께 희공이 입이 쩍 벌어졌다.

"으아아아아아악!"

주가희가 빙긋 웃었다.

"아프지? 그래도 죽지는 않을 거야. 아직은."

그때였다.

역모의 무리들 중에 누군가 뛰어 나왔다.

스물도 안 되었을 듯한 홍안의 소년이었다.

소년은 희공의 머리를 걷어차더니 외쳤다.

"네놈이 내 가족을 죽였다! 흉작 때문에 고작 서 말을 덜 내었다고 모진 고문을 받다가 돌아가셨단 말이다! 아느냐! 아냐 말이다!"

소년은 눈물을 흘리며 희공을 마구 걷어찼다.

그러자 역모의 무리가 하나둘씩 뛰어 나왔다.

그리고 희공을 에워싸고 저마다 욕하며 발과 주먹을 휘둘렀다.

어느새 주가희가 끼어들 틈은 없었다.

결국 주가희는 빠져 나와 장후 쪽으로 다가갔다.

주가희가 말했다.

"이제 원하시는 대로 되었군요."

"내가 뭘 원했는데?"

"변화. 아닌가요?"

"그런 모호한 말 말고. 구체적으로."

"우리 모두를 끼어 넣겠다는 거 아니셨어요? 발을 빼지 못하도록."

희공을 죽였다는 것.

이로써 이 자리에 있는 이들은 이 전쟁에서 발을 뺄 수 없게 되었다.

이 소식이 퍼진다면, 홍화국은 분노하리라.

염황은 진노하리라.

그들은 진체라고 할 수 있는 세력으로 정벌하려하리라.

지금까지와는 다르다.

지금까지는 홍화국은 역모의 무리들을 보이면 발로 짓밟아버리는 벌레처럼 대해왔지만, 이제부터는 잡초처럼 뿌리를 뽑으려 하리라.

그러니 역모의 무리들은 이제 선택지가 없었다.

살아남기 위해서 장후의 세력과 공조해야만 하는 것이다.

장후가 피식 웃었다.

"너희 따위를 끌어들이겠다고 이런 수작을 벌인다? 내가?"

천마재생

주가희의 얼굴이 굳었다.

"아니었나요?"

장후는 몇 걸음 나아가 상체만이 남아있는 홍화무장에게로 다가갔다.

그러더니 오른발을 높이 들어올렸다.

그 순간, 홍화무장이 번쩍 눈을 떴다. 그리고 그의 두 손에 빛살이 뭉쳤다.

강기!

마지막 한 수를 준비하고 있었던 것이다.

놀란 주가희가 입을 쩍 벌렸다. 경고의 외침을 뱉으려고 했지만 이미 늦어버려 홍화무장의 두 손에 맺힌 강기가 장후의 머리를 향해 날았다.

콰아아아아아아앙!

굉음이 터져 나온다.

홍화무장의 강기가 장후의 머리를 가격하며 내는 소리였다.

모두가 행동을 멈추고 장후 쪽으로 고개를 돌렸다.

강기는 터지며 안개처럼 뿌옇게 기운으로 흩어져 있었다.

그렇기에 장후의 어깨 위의 모습이 보이지 않았다.

하지만 모두가 예상할 수 있었다.

저 안개 속에는 아무것도 남아있지 않을 것임을.

상체만 남은 홍화무장은 득의어린 미소를 머금었다.

그때였다.

"내가 왜 그런 짓을 해야 하지?"

장후의 목소리였다.

안개가 흩어진 자리, 장후의 얼굴이 보인다.

머리카락 한 올 흩어지지 않은 듯했다.

강기에 얻어맞은 게 분명한데, 어떻게?

장후가 들어 올렸던 발을 홍화무장의 머리를 향해 내렸다.

꽈직!

섬뜩한 소리가 울렸고, 장후는 주가희를 바라보며 싸늘한 미소를 그렸다.

"그럴 필요가 있을까?"

주가희는 침을 꿀꺽 삼켰다.

아무 말도 할 수가 없었다.

말마따나 그럴 이유가 없을 듯해서였다.

그 사이 해는 노을을 들이 삼키고 서쪽 지평선 아래로 숨어버렸다.

짙은 밤이 벌판을 채웠다.

어쩐지 이 밤은 오늘따라 유독 어둡고 추웠다.

천마재생

第百三十二章.

협박이야

第百三十二章.

협박이야

거리마다 봇짐을 짊어진 사람이 가득하다.

용모와 복색 역시 모두가 다르다.

먼 거리를 이동하였다는 듯이 옷과 짐에는 더럽고, 피부
는 검게 그을려 있다.

그럼에도 표정만은 밝았다.

모두가 웃고 떠들고 있었다.

이제 막 도착한 이들이라도 짐을 내려놓자마자 처음 보
는 사람을 붙잡고, 반갑다며 얼싸안았다.

안긴 사람 역시도 당연하다는 듯이 마주 안으며 여기까
지 오느라 고생 많았다고 위로했다.

굶주린 이에게는 먹을거리를 나누었다.

무사히 도착한 것을 기뻐하는 이들에게는 술병을 건네기도 했다.

축제였다.

거리마다, 사람이 모여 있는 곳마다 그렇게 축제가 벌어지고 있었다.

이곳은 분초국의 성도, 화천.

아니, 축제의 도시 화천이었다.

"이거였군."

주가희는 그렇게 속삭이며, 거리의 풍경을 둘러보았다.

너무도 사람이 많아 걷기도 힘들 정도였다.

화천은 분초국의 성도답게 규모가 크다.

상주하는 인구가 삼 만에 육박하며, 최대 수용할 수 인원은 십만에 이른다.

거의 한계치에 이르렀다고 봐야 했다.

십만 명이 모여들었다는 것이다.

지금 이 순간에도 홍화국의 각지에서 사람들이 몰려들고 있었다.

그들의 입장에서는 목숨을 건 탈주였다.

반대로 자유와 이상을 좇은 용기이기도 했다.

"몰랐어."

정말 몰랐다.

이 나라 안에 이렇게 용감한 사람들이 많은지를.

노예근성에 길들여진 줄 알았다.

그저 죽지 못해 사는 삶에 만족한 줄 알았다.

그렇기에 그녀는 자신의 싸움이 고독할 수밖에 없으며 이해받을 수 없다고 여겼다.

이제 알겠다.

이들도 각자의 방식으로 싸우고 있었던 것이다.

모두가 싸우고 있었던 것이다.

서로 몰랐을 뿐이다.

"이거였어. 바로 이거였어."

장후의 의도를 이제야 알겠다.

보름 전, 희공과의 전쟁이 마칠 쯤, 장후는 굳이 희공을 생포해 와서 역모의 무리들에게 죽이도록 했었다.

그때 주가희는 장후의 의도가 이 나라의 전복을 꿈꾸는 역모의 무리를 끌어들이기 위해서라고 짐작했었다.

하지만 아니었다.

이제 알겠다.

장후는 고작 역모의 무리를 끌어들여 규모와 세력을 늘리려는 게 아니었다.

이 홍화국의 국민 모두를 끌어들이려는 것이었다.

'전쟁.'

진짜 전쟁을 벌이는 것이다.

장후는 이 나라 국민에게 선택하라고 요구하는 것이다.

천마재생

홍화국을 따를 것이냐.

아니면, 너희를 구원해줄 우리를 따를 것이냐.

장후는 화천을 장악했을 뿐 아니라, 보름 전 희공이 이끌고 온 오천의 정병과 다섯 홍화무장을 몰살시킴으로써 자신의 힘을 증명했다.

장후의 세력이 홍화국에 힘으로 눌리지 않는다는 것을 이제 세상이 안다.

그러니 이렇게 모여드는 것이다.

고작 보름 밖에 되지 않았는데, 벌써 화천은 사람으로 가득 찼다.

다시 보름이 흐른다면 얼마나 늘어날까?

또 보름이 더 흐른다면?

이 도시가 수용할 수 있을까?

수용할 수 없다면, 근처의 도시를 정벌해야 하나?

'모르겠어.'

주가희는 그쯤에서 생각을 접었다.

이 이후로는 그녀가 고민하여 알 수 있는 영역이 아니었다.

장후, 그 신비롭고 강한 사내가 다 알아서 하겠지.

"전쟁이라."

이제 전쟁이 무엇인지 알 수 있을 것 같았다.

그녀가 막연히 그렸던 전쟁과 장후가 말한 전쟁은 전혀

달랐다.

'그래. 인정하지.'

내가 여겼던 전쟁은 전쟁이 아니었다.

이게 바로 진짜 전쟁이다.

그리고 이들의 전쟁은…….

'멋있어.'

주가희는 자신도 모르게 배시시 웃었다.

자신이 목적한 장소에 거의 도달했음을 깨달았다.

앞 쪽에 사람들이 마치 잘 맞물린 벽돌처럼 한 치의 틈 없이 막혀 있었기 때문이었다.

저 너머에 장후와 그의 측근이 있을 것이다.

뻔했다.

그가 머무는 곳에는 이렇게 사람이 많으니까.

"잠시 만요. 잠시 만요."

주가희는 그렇게 속삭이며, 힘겹게 사람들 사이를 비집고 안으로 파고들었다.

십여 겹의 사람들을 뚫고 지나가자, 겨우 빈 공간이 모습을 드러냈다.

역시나, 장후가 있었다.

장후는 뭔가 얘기를 나누던 중이었나 보다.

그는 주가희가 나타나자, 잠시 말을 멈추고 그녀를 슬쩍 바라보았다.

천마재생

주가희가 입을 열어 인사를 건네려고 하는 순간, 장후는 바로 눈을 돌리더니 하던 말을 잇기 위해 입을 열었다.

하기에 주가희는 민망하여 나오던 말을 삼킬 수밖에 없었다.

원래 이런 사내라는 건 알지만, 좀 친절해주면 얼마나 좋아.

주가희는 입을 삐쭉거리며 걸어가 장후의 옆에 털썩 주저앉았다.

'그나저나 무슨 얘기 중이었을까?'

장후는 거처를 두지 않았다.

이렇게 화천을 돌아다니다가 자신을 알아보거나 뭔가를 묻는 사람이 있으면 멈춰 자리를 펴고는 대화를 나누었다.

장후는 사람들이 묻는 말에 언제나 성실히 답했다.

자신이 아는 바와 자신이 생각하는 바에 대해 숨김이 없었다.

저기까지 말해도 되나 싶을 정도였다.

하기에 이제 장후라는 사내의 정체를 대부분 안다.

바다 저편에 있다는 대륙에서 왔으며, 그 대륙에서 수라천마라고 불렸다는 것.

그리고 홍화국을 다스리는 신, 홍화신이 천 년 전 그 대륙을 피로 물들였던 시천마라는 인물일 가능성이 높다는 것.

또한 시천마를 추종하는, 혹은 반감을 가진 세력이 그 대륙에서 계속 분란을 일으켜 왔다는 것.

장후는 그 모든 세력을 궤멸시켜버렸고, 이 홍화국으로 건너온 건 모든 분란의 시초이자 원흉이랄 수 있는 홍화신을 없애기 위해서라는 것.

그 외에도 오랜 세월 의문으로만 남아있던 홍화무장의 비밀과 정체 역시 드러났다.

홍화무장은 모두 장후가 온 대륙의 강자였다는 것.

정확히 말하면 그 대륙의 역대 최강자들을 복제한 것이란다.

어째서 홍화무장이 그렇게 강한 것이며, 그렇게 많을 수 있는지 홍화국의 사람들은 비로소 알 수 있었다.

장후는 그러한 강자들을 어떻게 복제할 수 있었던 건지도 알려주었다.

다만 아무도 알아들을 수가 없었다.

그쯤에서 주가희는 깨달았다.

이 장후라는 사내는 홍화신과 흡사한 존재라는 것을.

홍화신이 할 수 있는 건 장후 역시도 다 할 수 있다는 것을.

그리고 어쩌면 홍화신이 할 수 없는 것도 할 수 있을지도 모른다는 것도…….

오늘은 무슨 얘기를 하는 중이었을까?

"너희는 모르나, 이 홍화국이라는 나라는 하나가 아니다. 셋으로 나뉘어 있지."

뒤늦게 참여한 주가희도 장후의 말에 귀를 기울였다.

'하나가 아닌 셋이라.'

주가희는 생각해 보았다.

'우리 청염회 같은 역모의 무리, 그리고 당신들. 그리고 홍화국. 이렇게 셋으로 나뉘었다는 건가?'

그럴 리는 없겠지.

장후가 말했다.

"하나는 천금종인."

주가희는 눈을 얇게 좁혔다.

'천금종인?'

그녀로써는 처음 들어보는 명칭이었다.

"너희 열두 제후국 중 천종국(天縱國)을 말한다."

주가희는 놀라 외치듯 말했다.

"천종국?"

천종국은 열두 제후국 중 가장 규모가 작은 나라이다.

그리고 비밀스럽기 그지없었다.

그들은 염황의 통솔조차 받지 않는다. 오직 홍화신 만을 추종한다.

홍화신의 열렬한 광신도가 모인 나라, 그게 천종국이다.

그렇게 알려져 있었다.

그런데 장후는 대체 무슨 말을 하는 건가?

"천종국은 천금종인이라는 놈들의 나라이다. 홍화신이 시천마로써 우리의 땅을 활보할 때 그를 추종하는 이들이 만든 세력, 천마신교의 가지이지. 놈들은 오랜 세월 시천마의 정체를 좇았고, 결국 이곳까지 오게 되었다. 놈들은 시천마를 시봉하는 것이 아니라, 자신들을 버린 시천마에 대한 복수를 꿈꾼다."

주가희가 듣는 모두를 대신하며 말했다.

"그럴리가요. 천종국은 가장 독실한 홍화신의 종복입니다! 광신도의 나라라고요."

장후가 살짝 고개를 돌려 그녀를 바라보며 말했다.

"그래. 미친 놈들이지. 단 놈들은 복수에 미쳤어."

"말도 안 됩니다. 그들이 복수를 꿈꾼다면, 왜 홍화신이 그들에게 나라까지 만들어 주었겠습니까?"

"그놈도 미쳤으니까. 이것을 봐."

장후가 고개를 숙였다.

그가 바라보는 곳 개미 한 마리가 기어가고 있었다.

"이 심정이었겠지. 놈에게 놈을 제외한 모든 존재는 이런 거야. 넌 개미를 보면 어떤 생각이 들지? 밟아버리겠다? 아니면, 그냥 살게 내버려 두겠다?"

주가희는 고민해보았다.

자신이 개미를 볼 때 무슨 생각을 할까?

그 답은 장후가 먼저 내주었다.

"아무 생각이 없을 거야. 그냥 개미는 개미이니까. 그때 그때 기분에 따라 다르겠지. 뭔가 짜증이 나면 그냥 밟겠지. 재밌을 것 같으면 지켜보던가."

주가희는 자신도 모르게 고개를 끄덕였다.

그럴 거다.

아니, 그랬다.

"개미는 개미일 뿐이야. 독을 품어 봤자 개미이지. 뭉쳐 봤자 개미야. 그게 시천마가 너희를 보는 심정이지. 천종국을 방치했던 심정이고."

홍화신에게 사람이란 개미와 다르지 않다.

그럴지 모른다고 생각은 했다.

하지만 이렇게 직접적으로 들으니, 주가희는 슬프면서도 화가 났다.

아니, 이 자리에 있는 모두가 그랬다.

그 사이 장후는 말을 이어갔다.

"하여간 천종국은 그런 놈들이야. 그 놈들이 최근 우리 땅에서 잡스러운 짓을 벌였고, 내가 좀 밟았지. 훗."

주가희는 장후가 말끝에 붙인 짧은 웃음을 통해 천종국이 무슨 짓을 당했을 지를 조금 엿본 것 같았다.

장후는 미소를 지우고 다시 입을 열었다.

"그리고 두 번째, 염황이라는 녀석이지."

염황.

홍화국의 이인자!

세상에 관심이 없는 홍화신을 대리하여 이 나라를 다스리는 권력자이다.

그는 무엇이든 할 수 있다.

그리고 무엇이든 한다.

이 땅에서 피와 눈물이 마르지 않는 이유이다.

그런 그가 두 번째라고?

홍화신에게 반감을 품고 있다고?

대체 그가 왜?

장후가 설명하듯 말했다.

"배가 고픈데 먹을 것이 코앞에 있어. 그냥 손을 뻗어 먹는 것과 먹어도 되냐고 묻고 먹는 건 다르지."

대부분이 고개를 갸웃거렸다.

알아듣지 못해서였다.

하기야, 장후의 이야기를 알아들을 수 있는 사람은 이 자리에 드물었다.

권력자의 심정이란 권력을 가져본 사람만이 알 수 있으니까.

장후가 말했다.

"이렇게 말하면 좀 더 쉬울까? 염황은 신이 되려고 해. 그런데 신이 둘일 수는 없으니까 하나는 없어져야겠지?"

천마재생

사람들 중 절반쯤은 이제 알겠다는 듯 고개를 끄덕였다.

장후는 더 설명해줄 생각이 없는지 말을 이었다.

"세 번째는 시천마, 그러니까 홍화신과 홍화무장. 이 나라는 그렇게 셋으로 나뉘어 있다."

주가희가 말했다.

"이제는 넷이죠."

장후가 다시 그녀에게로 시선을 돌렸다.

주가희가 빙긋 웃으며 말했다.

"당신과 우리들은 왜 빼세요?"

장후가 피식 웃었다.

"그래. 넷이다. 이 나라는 이제 넷으로 나뉘어졌다. 하지만 지금 뿐이야. 이제 둘로 줄어들 것이니까."

주가희의 얼굴이 굳었다.

"둘이요?"

장후가 고개를 끄덕였다.

"그래. 둘."

주가희의 눈동자가 흔들렸다.

'둘이라.'

무슨 뜻일까?

그녀로서는 아무리 머리를 굴려보아도 답을 찾을 수가 없었다.

그냥 모르겠다고 포기하기에는 사안이 너무 크다.

둘로 나뉜다니.

어떻게?

그때였다.

휘이이이이잉.

바람이 일더니, 녹색 빛이 장후의 앞에 내렸다.

녹색의 빛은 사람의 형태로 변하였고, 그제야 빛은 흩어졌다.

천금종인의 수장인 천금대종이었다.

하지만 이곳 사람들에게는 이렇게 불리나 보다.

"저 노인은 설마……?"

"그럴 리가."

"천종류천(天縱瑠天)!"

주가희가 벌떡 일어나 그렇게 외쳤다.

홍화국의 열두 개 분국 중 하나인 천종국을 다스리는 제후, 천종류천!

그가 분명했다.

천금대종은 맞다 틀리다, 라는 언급 없이 장후만을 노려보며 말했다.

"약속대로 하였소."

장후는 코웃음 쳤다.

"약속? 이상하군. 기억이 잘못되었나? 너와 약속 같은 걸 한 적은 없는데?"

51

천금대종은 이를 빠드득 갈았다.

장후가 한 걸음 내딛으며 속삭이듯 말했다.

"좀 편해진 듯하구나. 서로 약간은 불편한 게 좋을 텐데 말이야. 좋아. 불편하게 만들어주지. 네가 선택하거라. 밟아주랴? 그냥 짓이겨줄까? 아니면 뽑아줄까?"

천금대종이 뒷걸음쳤다. 그의 눈동자가 파르르 떨렸다.

장후가 한 걸음 더 내딛으며 눈매를 가늘게 좁혔다.

"그런 걸 원하느냐?"

천금대종이 다급히 외쳤다.

"시키신 대로 하였습니다!"

그제야 장후가 눈매를 풀었다.

"집에 다녀오니 등이 따뜻하고 배가 불렀던 모양이구나. 집이 좋기는 하지. 그러니 소중히 여겨라. 몇 마디 말 실수로 잃지 말고."

"충고, 감사합니다."

천금대종은 그렇게 말하며 이를 빠드득 갈았다.

장후는 피식 웃었다.

"충고가 아니라 협박이야. 그 정도는 알잖아?"

그러더니 주가희 쪽을 돌아보며 말했다.

"이제 셋이 되었네."

주가희는 침을 꿀꺽 삼켰다.

세부사정은 모르지만 장후와 천종국의 제후, 천종류천

간의 밀약이 있다는 듯했다.

아니, 밀약이 아니라 장후가 천종류천을 협박하여 부리고 있다는 것처럼 보였다.

그렇다는 건 장후는 분초국과 천종국, 이렇게 두 개의 제후국을 차지했다는 것이다.

그는 이미 이 나라의 육분지 일을 차지했다는 거다.

그때였다.

갑자기 어둠이 일더니, 한 사람이 나타났다.

괴겁마령이었다.

괴겁마령은 장후에게 인사를 건넨 후 말했다.

"염황이 왔습니다."

그 말을 들은 모든 사람의 눈이 찢어질 듯 벌어졌다.

염황이 왔다고?

이곳에?

장후는 그럴 줄 알았다는 듯 빙긋 웃었다.

"자. 그럼 이제는 둘로 줄여볼까?"

그렇게 말하며 돌아서는 장후의 등을 향해 주가희가 외치듯 물었다.

"어디까지 줄일 셈이죠?"

장후가 걸음을 멈추고 고개만 돌려 주가희를 돌아보았다.

주가희가 물었다.

천마재생

"하나만 남을 때까지?"

장후가 고개를 저었다.

"아니. 하나도 남지 않을 때까지."

第百三十三章.

어리군

第百三十三章.

어리군

　화천의 남문에서 왕궁의 정문까지 수십 명을 오갈 수 있는 넓은 대로(大路)가 쭉 뻗어 있다.

　하지만 이 대로는 오가는 사람이 드물었다.

　오직 분초국의 제후였던 지극화천과 그에게 충성하는 간신배들만이 사용할 수 있었기 때문이었다.

　만약 그 사정을 모르고 대로 안에 발을 디뎠다가는 역심을 품었다는 죄로 두 발이 잘린 채, 성벽 위에 깃발처럼 걸려야만 했다.

　하기에 화천의 백성들은 동쪽에서 서쪽으로, 혹은 그 반대로 가야할 일이 있으면 이 대로를 밟지 않기 위해 먼 거리를 돌아가야만 했다.

57

때로는 아예 성문 밖으로 나와서 성벽을 따라 돌기도 했다.

하지만 이제는 다르다.

대로는 사람으로 가득했다.

화천의 백성들은 기둥을 세우고 천막을 쳐 화천을 찾아온 이들이 쉴 수 있는 자리를 마련했다. 자유를 찾아 화천까지 온 이들은 가지고 온 물건을 풀어놓고 서로가 필요한 것을 교환하거나 필요 없는 것은 그냥 내주었다.

그렇게 대로는 저잣거리가 되었다.

어쩌면 이 저잣거리는 홍화국이 생긴 이래 가장 시끄럽고 즐거운 장터인지도 몰랐다.

장터의 중간, 가장 많은 이들이 오가는 곳에 한 청년이 우두커니 서 있다.

청년은 마치 이 시끄러운 거리의 상징만 같았다.

자신을 중심으로 이 거리가 형성되었으며, 자신을 통해 나누어진다는 듯만 했다.

그렇기에 청년은 주목을 받기에 충분했다.

아니다.

굳이 청년이 그렇게 가만히 서 있지 않더라도 사람들은 그를 주목했을 것이다.

청년이 머리가 불타오르는 듯이 새빨갛기 때문은 아니었다.

청년의 용모가 그린 것처럼 잘생겼기 때문도 아니었다.

청년의 기세와 분위기 때문이었다.

뭐라고 해야 할까?

무섭고도 날카롭다.

이 머리가 새빨간 청년의 근처에만 있어도 억눌리는 것만 같은 압박감이 느껴졌다.

더불어 칼로 베일 것 같은 두려움을 주었다.

때문에 청년의 주변으로는 사람이 다가가지 않아, 사방오장 정도의 공터가 이루어졌다.

청년의 눈이 닿는 곳에 있는 사람은 모두가 고개를 푹 숙이고, 어깨를 움츠리며 도망치듯 빠져 나왔다.

어째서인지는 몰랐다.

그래야만 할 것 같았다.

이런 게 당연한 듯했다.

또한 청년 역시도 당연한 듯이 받아들이고 있었다.

하지만 누군가 새빨간 머리의 청년을 알아보았다면, 그저 청년을 피해 돌아 걷기보다는 아예 몸을 돌려 도망쳤을 것이다.

염황.

삼백 년이라는 장구한 세월동안 홍화신을 대리하여 이 나라를 다스려온 패황!

이 새빨간 청년의 정체가 바로 이 나라 모든 이들이

천마재생

두려워하는 존재 염황이기에.

염황은 대화를 나누는 법이 없다.

강요하고 핍박하고 억압한다.

그래도 부족하면 죽인다.

처참하게…….

누군가 말하기를 염황은 산과 같다고 했다.

그는 움직이지 않는다.

오직 직례국 안에 머물며 세상을 굽어본다.

부족하거나 필요한 것, 혹은 마음에 들지 않는 것이 있다면 그저 지나가는 투로 속삭일 뿐이다.

그러면 부족하거나 필요한 것은 채워진다.

마음에 들지 않는 것은 없어진다.

그는 그런 방식으로 이 나라를 지배해왔다.

그렇기에 이 나라 백성의 삶은 피폐하고 고단할 수밖에 없었다.

그렇기에 이 나라 모든 이들이 그를 두려워하며 증오한다.

바로 그 염황이 저잣거리가 되어버린 화천의 대로에 서 있다.

염황은 주변을 쓸어보며 눈살을 찌푸렸다.

그의 표정엔 짜증이 가득했다.

그는 짜증이라는 감정을 몰랐다.

느끼기는 하지만 오래 지속되지 않았다.

그가 표정을 짓는 순간, 주변이 알아서 움직여 그가 짜증을 낸 상황이나 물건, 혹은 사람을 없애버렸기 때문이다.

본래 없었던 것처럼 깨끗하게…….

지난 삼백 년 동안 그는 그렇게 살았다.

어제까지는 그랬다.

하지만 오늘은 달랐다.

그렇기에 염황은 더욱 짜증이 났다.

아니, 화가 났다.

이렇게 화가 났던 적이 없었다고 할 정도였다.

그럴 수밖에 없었다.

보라.

직례국에서 벗어난 적이 없던 그가 이곳 화천까지 왔다.

수라천마 장후와의 은밀한 회담을 가지기 위해서였다.

사건이라고 할 수 있는 이례적인 일이었다.

그로써는 최대의 성의를 보였다고 할 수 있었다.

그런데 기다리란다.

그래.

기다려 준다.

그 정도까지는 참을 수 있다.

하지만 이렇게 수많은 사람이 오가고 있는 대로변에서 만나자니.

이건 너무도 노골적인 박대였다.

차라리 만나지 않겠다고 거절했다면 기분이 이 정도는 아니었을 것이다.

염황은 마음속으로 외쳤다.

당장 돌아가자!

그리고 대군을 이끌고 와 이곳을 생지옥으로 만들어 버리자!

아니다.

그렇게 번거로운 짓까지 할 필요가 있나.

지금 당장 눈에 보이는 족족 죽여 버리자.

당장 내 이 두 손과 두 발로 찢고 가르고 터트리고 부수자.

염황은 그렇게 다짐했다.

하지만 계속 다짐만 했다.

실행에 옮기지는 않았다.

옮길 수가 없었다.

다만 이렇게 속삭여 자신을 위로할 수밖에 없었다.

"조금만, 조금만 더 기다려 보자."

그때였다.

염황의 눈빛이 날카로워 졌다.

멀리 모습을 드러낸 한 청년을 발견하였기 때문이었다.

눈매가 날카로운 흑발의 청년, 수라천마 장후였다.

그가 나타나자 대로변을 가득 채웠던 사람들이 양 옆으로 비키며 길을 만들어 냈다.

그리고 정중히 상체를 숙였다.

남자이건 여자이건 아이이건 노인이건 모두가 그랬다.

누가 시켜서 하는 행동은 아니었다.

그저 진심에서 우러나는 경외의 표현이었다.

그 모습이 염황은 더욱 화가 났다.

저 더러운 벌레 같은 것들이 경외해야 할 대상은 저 자가 아니라 자신이어야만 하니까.

삼백 년이나 이 나라의 기둥과 지붕이 되어준 자신이야말로 저러한 존경을 받아 마땅했다.

용서치 않으리라.

이 곳, 이 자리에 있던 놈들은 모조리 죽인다!

'대사를 이룬 후에, 꼭!'

염황이 그런 다짐을 하는 사이, 장후는 그의 앞에 이르렀다.

장후가 빙긋 웃으며 말했다.

"오래 기다렸나?"

마치 친한 사이라는 듯 격의 없는 말투에 염황은 눈살을 찌푸렸다.

하지만 바로 표정을 풀고 고개를 끄덕였다.

"그래. 너무 오래 기다렸지."

"그럼 가지 뭘 기다리나. 한가한가?"

염황이 고개를 저었다.

"아니. 본래는 좀 한가한 편이었는데, 요즘은 너무 바쁘지. 네 덕분에."

장후가 빙긋 웃었다.

"고맙지?"

염황이 쓴웃음을 지으며 물었다.

"고맙겠나?"

"당연히 고맙겠지. 네 계획을 앞당겨 주었으니."

염황의 눈이 좁아들었다.

"그게 무슨 소리지?"

"여기까지 와서 서로 말 질질 끌지 말지. 쉽게 가자. 줄게 있으면 주고, 받을 게 있으면 받고. 줄 것도 받을 것도 없으면 시원하게 칼질이나 하고. 그러려고 온 거 아닌가?"

염황이 입을 꼭 다물었다.

장후는 그런 염황이 우습다는 듯 실웃음을 흘리며 걸음을 옮겨, 그의 옆을 스치며 말했다.

"좀 걸으면서 얘기하지."

염황은 장후를 노려보다가, 그의 옆으로 다가가 보폭을 맞추어 걸었다.

그들이 걸음을 옮기자, 대로변에 가득하던 사람들이 양측으로 갈라져 길을 내주었다. 그리고 장후를 향해 상체를 숙여 인사를 건넸다.

말없이 걷던 장후가 다자기 입을 열더니 염황에게 뜬금없는 질문을 했다.

"나이가 몇이지?"

염황은 대꾸치 않고 눈매를 좁혔다.

장후가 다시 물었다.

"나이가 삼백이 넘었다고 아는데?"

염황은 고개를 끄덕였다.

"그렇지."

"살만했나?"

염황은 대답하는 대신 눈매를 더욱 가늘게 좁혔다.

장후가 말했다.

"나랑 얘기하기 싫은가? 그럼 돌아가고."

그제야 염황의 입이 벌어졌다.

"내 나이가 중요한가?"

장후가 가볍게 고개를 저었다.

"아니. 별로. 그 정도 살면 좀 다른가 싶어서."

"그럼 중요한 얘기나 하지."

장후가 고개를 돌려 염황의 얼굴을 바라보았다. 그러더니 뭔가 알겠다는 듯 피식 웃음을 뱉었다.

"젊군."

염황이 얼굴을 꿈틀거렸다.

그 순간 장후가 말했다.

"그래. 네게 중요한 이야기나 하지."

염황은 억지로 표정을 펴며 들끓는 속을 잠재웠다.

장후가 말했다.

"알아 봤다. 네 수족이 이 나라 열 두 제후국 곳곳에 박혀 있더군. 기회가 오면 한 번에 뒤집어엎으려던 것 같은데, 맞나?"

염황은 그저 입을 굳게 다물었다.

그러자 장후는 피식 웃었다.

"맞네. 뭐, 덕분에 문제가 많지? 내가 들어온 탓에 제후라는 것들이 화들짝 놀라 제 나라 정비를 나섰고, 덕분에 네가 박아놓은 놈들은 툭툭 튀어 나올 수밖에 없고. 좀 아프지?"

그제야 염황이 입을 벌렸다.

"많이 아프지."

장후가 위로한다는 듯 말했다.

"아픈 게 나아. 죽는 것보다는."

그 순간 염황이 목소리를 낮게 깔아 말했다.

"그래서 죽일까 했다."

"누굴?"

"너를."

장후가 피식 웃었다.

"젊은 게 아니라 어리네."

염황이 주먹을 꼭 쥐었다. 동시에 그의 머리카락이 나풀거리며 불길처럼 넘실거렸다.

그 순간 장후가 손을 뻗더니 염황의 어깨를 감싸 쥐었다.

염황은 그를 매섭게 노려보았고, 장후는 그의 시선을 마주 대하며 부드러운 미소를 머금었다.

"어리광 부리 지마."

염황의 표정이 일그러졌다. 하지만 움직이지는 못했다.

오랜 꿈을 한 순간의 감정에 휩싸여 무너트릴 수는 없었다.

아니다.

인정해야 한다.

이길 수 있다는 자신이 없어서였다.

그의 머리가 선명하게 그려내고 있었다.

쓰려져 있는 자신과 그런 자신을 비웃으며 내려 보고 있는 이 사내의 모습을.

하기에 염황은 애써 흥분을 가라앉히고 말했다.

"좋아. 원하는 게 뭐지?"

그제야 마음에 든다는 듯 장후는 가볍게 고개를 끄덕이며 그의 어깨에서 팔을 내렸다.

"조금 컸네."

"뭔지나 말해."

"천종쟁패."

그 순간 염황의 두 눈이 커졌다.

"천종쟁패? 어떻게 그걸?"

"빠르고 쉽게 가자. 천종쟁패로."

염황은 고개를 저었다.

"무리야. 천종쟁패를 열려면 직례국과 열두 개의 제후
국, 그 열 세 개의 나라 중 절반 이상이 동의를 해야지
만……."

"내가 둘. 네가 장악한 제후국 셋."

염황이 고개를 저었다.

"그래도 둘이 부족해."

"왜 이래? 염황의 인은 하나의 나라에 이른다고 알고 있
는데?"

장후가 다 안다는 듯이 하는 말에 염황의 눈동자가 파르
르 떨렸다.

말마따나 그랬다.

염황 자신의 인장이라면, 하나의 나라가 동의한 것과 같
은 가치를 가진다.

하지만 그가 자신의 인장을 천종쟁패에 동의하는 쪽에
찍는다는 건, 홍화신에게 정면으로 반기를 든다는 것이나

다름없었다.

물러날 곳이 없다는 거다.

장후가 속삭이듯 말했다.

"곁눈질은 그만하지. 네게는 마지막 기회야. 어차피 여기까지 온 이상 물러날 곳은 없어."

염황은 이를 악 물었다.

그리고 휙 고개를 돌려 장후에게 물었다.

"나머지 하나는? 그 하나가 채워지지 않는다면 아무 소용없어."

장후가 기다렸다는 듯 말했다.

"직례국."

"직례국?"

직례국이 동의한다?

그 말은 홍화신이 천종쟁패의 개최를 동의할 것이라는 뜻이다.

홍화신이 왜?

장후가 말했다.

"알잖아. 그는 사람을 가지고 노는 걸 좋아해. 알아서 장난감이 되어준다는데 왜 반대를 하겠어?"

염황이 침을 꿀꺽 삼켰다.

맞다.

홍화신은 그렇다.

장후가 갑자기 걸음을 멈췄다. 그리고 파리를 쫓듯 가볍게 손을 휘저었다.

"그럼 가서 고민해봐."

염황은 걸음을 멈추고 주변을 둘러보았다.

지옥문이라고 불렸던, 하지만 장후가 이곳에 도착하는 순간 부숴버린 남문의 앞이었다.

대화에 집중하는 동안 여기까지 온 모양이었다.

마치 홀린 듯한 기분이다.

그의 귀에 장후의 목소리가 흘러들었다.

"악몽도 꿈이야. 계속 꿀 건지 아니면 깰 건지는 네가 정해."

주변을 둘러보던 염황이 장후를 바라보았다.

그 순간 장후의 미간에 푸른빛이 어렸다.

그 빛은 뭉쳐 마치 눈동자와 같은 형태를 이루었다.

장후가 그 새파란 눈동자로 말했다.

"하지만 현실은 악몽보다 괴로울 거야."

염황은 침을 꿀꺽 삼켰다. 바로 표정을 엄숙하게 고치고 위엄어린 목소리로 말했다.

"당신의 제안 생각해보지. 진지하게."

그러며 염황은 몸을 돌려 부서져 틀만이 남아있는 남문 밖으로 걸어 나갔다.

잠시만에 그의 모습은 점이 되었다.

그때 장후의 옆으로 한 사내가 나타나 말했다.

"어리군."

장후는 슬쩍 눈동자만을 돌렸다.

백발의 청년, 신검이었다.

장후는 다시 눈동자를 점이 되어버린 염황 쪽으로 돌리며 말했다.

"어리게 살아도 살만 했다는 거지."

신검이 한숨처럼 말했다.

"부럽군."

"정말 부럽나?"

신검은 대꾸치 않고 그저 싱그러운 미소만을 머금었다.

그때 그들의 뒤로 얇은 목소리가 튀어 나왔다.

"천종쟁패가 뭐죠?"

장후는 고개를 돌렸다.

그 자리에 주가희가 서 있었다.

그녀만이 아닌, 이 나라에서 역모를 꿈꾸던 무리의 중심 인물들이 대부분 모여 있었다.

염황이 화천에 나타났다는 소식을 듣고 지켜보려고 모였던 듯했다.

장후가 그들을 찬찬히 훑어본 후 입을 열었다.

"마귀들의 잔치 같은 거야."

성초전.

분초국의 제후인 지극화천이 정사를 보던 이곳은 내궁의 대전은 그런 이름으로 불렸다.

하지만 이제 성초전은 없었다.

벽은 무너지고 기둥은 부서지고, 지붕은 흩어졌다.

장후가 한 일이 아니었다.

장후는 그저 왕궁을 장악한 후, 백성들의 출입을 자유롭게 허락했을 뿐이었다.

그러자 성초전이 사라져 버렸다.

백성의 삶을 고단하게 하는 명령을 내리지고, 정책이 만들어지던 곳이다.

그러니 백성의 입장에서 지극화천이 사라진 왕궁에서 가장 먼저 없애버려야 할 곳은 바로 성초전이었다.

그렇게 성초전은 사라졌고, 잔재만이 남게 되었다.

다만, 성초전 안에 있던 이십 여개의 계단으로 이루어진 단상과 그 위에 놓여있던 화려한 의자 하나만은 고스란히 남았다.

어째서일까?

어디선가 장후가 그 의자를 마음에 들어 했다는 소문이 돌았기 때문이었다.

이 나라 분초국의 백성들에게 자유를 되찾아준 장후에 대한 경의의 표현이라는 것이다.

장후는 그 의자에 앉아 있었다.

단상 아래로 사람이 가득하다.

최근 장후의 주변은 언제나 사람이 모여들었다.

그리고 하나같이 존경과 경의의 말을 쏟아냈다.

장후가 홍화신과 제후들을 없애고 자신들을 구원해줄 영웅이라고 여기기 때문이었다.

물론 사실과 다르지는 않았다.

결과적으로는 그리 될 테니까.

하지만 지금 단상 아래 모여 있는 이들은 달랐다.

장후를 향한 시선에는 존경이 아닌 두려움과 공포를 담고 있었다.

상체를 숙여 경의의 인사를 건네는 대신 다리를 살짝 굽혀 언제라도 어떤 방향으로든 움직일 수 있도록 경계의 자세를 취하고 있었다.

어째서일까?

이 자리에 모여 있는 이들은 역모의 무리들로, 장후와 그의 수하들이 어떻게 희공의 오천 정병을 무너트리는지를 두 눈으로 확실히 지켜보았기 때문이었다.

그건 지옥이었다.

아니, 지옥도 그렇지는 않을 것이다.

이들은 그 참혹한 전장을 두 눈으로 직접 보았기에 장후와 그의 수하들이 구세주 같은 온화한 존재가 결코 아니라는 것을 절실히 깨닫고 있었다.

그럼에도 장후의 주변을 떠나지 못하는 건, 그들이 자신들의 손으로 희공을 죽였기 때문만은 아니었다.

수라천마 장후는 홍화신이라는 절대악에 대항할 수 있는 상대악이라는 판단을 내렸기 때문이었다.

그렇기에 그들은 수라천마 장후를 돕기로 결정은 내렸지만, 이렇게 경계심을 풀지는 못했다.

그런데 왜 오늘 이 자리에 모두가 모여 있는 걸까?

장후는 그들을 부르지 않는다.

쓸모없다고 여기는지 쫓아내지만 않을 뿐이었다.

굴러다니는 잡석과 다름없이 취급했다.

그러니 이 자리에 그들이 모인 이유는 장후가 불러서가 아니라 그들이 자발적으로 찾아온 것이었다.

왜 일까?

장후가 염황에게 했던 제안, 천종쟁패가 무엇인지를 듣기 위해서였다.

장후는 주가희에게 천종쟁패란 '마귀들의 잔치'라고 말했었다.

주가희는 그때 이렇게 물었다.

"알아듣게 설명해주실 수는 없나요?"

그때 장후는 귀찮다는 듯 이리 말했다.

"좋아. 두 번 설명하기는 싫으니, 듣고 싶은 녀석은 두 시진 후까지 내궁의 터로 다 오라고 그래."

그 후 두 시진이 흘렀고, 이렇게 많은 이들이 내궁의 터에 모였다.

하지만 약속한 시간이 되었는데도, 장후는 말이 없었다.

그저 단상 아래를 내려 보며, 자신이 앉은 의자의 팔걸이를 부드럽게 쓸어댈 뿐이었다.

그러다 어느 순간 장후가 한 마디를 툭 뱉었다.

"마귀(魔鬼)."

마귀.

신, 혹은 이 세상의 순리(順理)를 거부하며 대적하는 요사한 존재를 의미한다.

왜 갑자기 그 두 글자를 거론하는 걸까?

장후가 싱긋 웃으며 다시 입을 열었다.

"마귀라는 게 정말 있을까?"

단상 아래의 사람들은 저마다 고개를 저었다.

마귀란 그저 사람이 만들어낸 상상의 산물에 불과하다.

힘겨운 상황에 몰린 이들이 공포가 만들어낸 환영 같은 것을 마귀라 부르며, 보았다며 외쳐대는 것뿐이다.

장후가 말했다.

"마귀가 있다면, 뭘까? 어떤 친구가 예전에 이리 말하더군. 마귀라는 게 실제로 존재한다면, 그건 사람일 것이라고. 그래, 이 세상의 순리에 거부하나 대적할 수 있는 것은 사람 밖에 없지. 사람만이 그토록 이기적이고, 사악할 수 있으니까."

장후는 의자에서 일어나며 말을 이어갔다.

"물론 모든 사람이 마귀라고 불릴 정도로 사악하지는 않아. 일부의 사람들이 그렇지. 원하는 것을 얻기 위해서는 어떠한 대가라도 서슴없이 치를 수 있는 이들. 세상에는 그런 이들이 꽤나 존재해. 여기에도 꽤 있지?"

장후가 하는 말에 모두가 쓴웃음을 지었다.

그랬다.

그들은 홍화국의 전복을 위해서라면 무엇이든 할 수 있다는 각오로 살았다. 그리고 그렇게 해왔다.

하지만 후회하지는 않았다.

대의를 위함이니까.

하지만 장후는 그들의 마음을 엿보았는지 비웃음을 머금고 말했다.

"목적을 위해 무엇이든 한다. 치졸한 그 목적이 숭고하기 때문이라고 변명하지. 혹은 대의를 품었다고 하던가. 하지만 그에 희생되는 이들에게는 결국 마귀나 다름없는 짓이야. 결국 우리는 모두 마귀라는 거지."

단상 아래의 사람들은 울컥한 지 주먹을 불끈 쥐었다.

하지만 항변할 수는 없었다.

장후의 말이 그리 틀리지는 않다는 것을 알고 있기 때문이었다.

괴롭고 힘들지만, 사실이 그랬다.

장후는 비웃음을 지우고 말을 이어갔다.

"마귀라고 불릴만한 욕심쟁이들은 다 제각각이야. 목적은 모두가 다르다. 야망 역시 모두가 다 다르지. 꿈과 이상 역시 모두가 달라. 그렇기에 다툴 수밖에 없지. 하지만 그 모두를 한 곳에 모을 수가 있다면? 모두가 바라는 것을 하나로 묶어 살아남는 자가 차지할 수 있도록 한다면? 그건 분명 잔치라고 할 수 있겠지?"

단상 아래 누군가 속삭였다.

"혹은 지옥이겠군요."

장후는 빙긋 웃으며 고개를 끄덕였다.

"그래. 그렇게 불릴 수도 있겠지. 홍화신은 이 나라를 만들었을 때, 이리 말했다더군."

장후는 양 손을 넓게 벌리며 외치듯 말했다.

"내가 너희의 근원이며, 창조주이다. 너희는 나의 것이니, 오롯이 나의 안에 머물라. 허나 나는 관대하니, 너희에게 배신과 탐욕의 기회를 주노라. 너희가 나를 거부하고 능욕할 자격을 주노라."

77

배신과 탐욕의 기회?

거부하고 능욕할 자격?

"너희 중 절반이 나를 거부하고 의심하며, 내게서 벗어남을 바란다면, 그리 하여라. 나를 무너트려라. 나를 없애라. 그럼으로써 너희 중 하나가 나를 대신하여라. 나의 모든 것을 약탈하라. 하지만 그 기회는 오직 피와 죽음을 디디고 올라서야만 가질 수 있을 터이니, 이는 시체의 산과 피의 강물 위에 핀 한 송이 꽃이로다. 붉으며 화려하리라!"

장후가 표정을 바꾸어 평이한 목소리로 말했다.

"홍화(紅花). 이 나라의 이름이 연원이지. 어쨌건 홍화신은 그런 약속을 했고, 그 약속을 지켰다. 이 나라 열두 제후국과 한 개의 직례국, 그 열 세 개의 분국 중 일곱 개의 나라가 반기를 들면, 홍화신은 하나의 잔치를 연다. 그것이 바로 천종쟁패. 오직 한 사람만이 살아남을 때까지 죽고 죽이는 사투가 벌이는 잔치이지. 참가자격의 제한은 없다. 홍화신을 죽이고 그의 모든 것을 차지하려는 자라면 누구라도 가능해."

역모의 무리 중 누군가 외쳐 물었다.

"저, 정말입니까?"

장후가 고개를 끄덕였다.

"그래. 너도 원한다면 천종쟁패에 나설 수 있지. 여기 있는 그 누구라도. 관심 있나?"

그러며 장후는 찬찬이 단상 아래의 사람들을 둘러보았다.

그의 시선이 닿는 곳에 있는 이들은 고개를 숙이거나, 고개를 돌려 피했다.

하지만 몇몇은 눈에 힘을 주고 장후의 시선에 마주 대했다.

그 중에는 주가희도 있었다.

장후는 그럴 줄 알았다는 듯 빙긋 웃으며 속삭였다.

"너희도 마귀라는 거야."

장후는 고개를 들어 올려 하늘을 바라보았다.

그러며 생각했다.

이제 이 두 번째 삶도 얼마 남지 않았다고……

그런데 문득 이런 질문이 그의 머리를 스쳤다.

'또 다시 태어날 수도 있을까?

다시 태어난다면, 좋을까?

모르겠다.

그건 장후로서도 답을 찾을 수 없는 질문이었다.

†

천종쟁패.

그건 욕망의 늪이다.

천마재생

그 늪에서 빠져 나올 수 있는 건 단 한 명.

그 한 명이 모든 것을 차지한다.

신이 되는 것이다.

'하지만 그 한 명이 내가 될 수 있을까?'

염황은 자신이 없었다.

그는 삼백 년 전 염황을 선출하는 대회, 염황대회에서 살아남아 염황이 될 수 있었다.

염황대회는 작은 천종쟁패라고 할 수 있었다.

살아남는 자는 홍화신을 대리하여 이 나라를 다스리는 염황이 될 수 있으니까.

염황대회를 기억하는 건 이제 염황 뿐이기 때문이다.

그 만이 살아남았기 때문이다.

아니, 염황대회를 주재했던 홍화신도 알겠지.

그렇게 둘 뿐이다.

염황은 작은 천종쟁패라 할 수 있는 염황대회를 겪었기에, 천종쟁패가 개최되면 어떠한 광경이 펼쳐질지를 약간이나마 엿볼 수 있었다.

천종쟁패가 염황대회와 같다면 갖춘 실력이 뛰어나거나 강하다고 하여 살아남을 수 있는 판이 아니다.

온갖 음모와 귀계가 난무할 것이다.

강적을 죽이기 위해 힘을 합치기도 하고, 바로 배신하여 등 뒤에서 칼을 찌르기도 할 것이다.

숨을 고르며 상대를 엿보아야 할 때도 있고, 숨어버린 적을 찾아내야 하는 일도 있겠지.

염황대회는 시작되고 마칠 때까지, 무려 십이 년이라는 긴 시간이 걸렸다.

그렇다면 천종쟁패는 몇 년이 걸릴까?

수십 년이 걸릴 지도 모른다.

아니, 아예 끝나지 않을 수도 있다.

그러니 영원히 계속되는 전쟁 속에 몸을 던지는 건지도 모른다.

'하지만 이겨낸다면?'

마지막 남는 자는 홍화신을 대신하여 이 나라의 새로운 신이 된다.

그건 끊어낼 수 없는 유혹이었다.

'하지만 마지막 남는 한 명이 내가 될 수 있을까?'

염황은 그렇게 꼬리와 꼬리를 무는 고민과 결단의 사슬 속에 머물며 직례국으로 향했다.

화천에서 직례국까지의 거리는 멀었다.

염황의 발길로도 닷새나 걸릴 정도였다.

하지만 염황이 심정적으로 느끼는 거리는 반나절이나 될까 싶을 정도로 짧기만 했다.

닷새라는 시간은 그가 천종쟁패의 인가하는 쪽에 손을 들겠다는 결정을 내리기에는 부족하게만 여겨졌다.

그렇게 시간은 흘러갔다.

염황은 직례국의 성벽 앞에 이르렀을 때였다.

염황은 갑자기 걸음을 멈추고, 성벽을 멍하니 바라만 보았다.

문득 성벽이 너무 높다는 생각이 들었다.

왜일까?

원한다면 고작 한 번 몸을 날리는 것만으로 넘을 수 있는 높이였다.

그런데 오늘 본 직례국의 성벽은 아득하게만 느껴졌다.

아무리 몸을 날려도 끝에 닿을 수 없을 것만 같았다.

성벽의 위, 한 사람의 모습을 보았기 때문이었다.

피부색이 백옥처럼 하얀 청년이었다.

청년은 지푸라기 한 줄기를 쥐어도 휘청할 것처럼 가녀렸다.

하지만 염황은 청년을 보는 순간 그가 발에 살짝 힘을 준다면 디디고 서 있는 성벽이 와르르 무너져 내려 자신을 짓눌릴 것만 같은 압박을 느꼈다.

'홍화신!'

홍화신이었다.

수십 년 동안 자신의 거처 밖으로 나오지 않던 홍화신이 대체 왜 저 성벽 위에 서 있는 걸까?

혹시 지난 닷새 동안의 고민과 갈등이 만들어낸 환영인
가?

아니다.

그럴 리는 없었다.

염황은 그 정도로 약하지 않다고 자부했다.

지금 그가 바라보는 성벽 위의 존재는 실체라는 거다.

홍화신이 가만히 그를 바라보고 있었다.

염황도 가만히 홍화신을 바라만 보았다.

시간이 멈춘 듯했다.

염황은 홍화신의 눈빛 속에서 그가 모든 것을 알고 있음
을 깨달을 수 있었다.

자신의 오랜 야망과 장후의 제안까지도…….

"높구나."

염황은 그렇게 힘없이 속삭였다.

그러더니 갑자기 주먹을 굳게 쥐더니 눈매를 사납게 고
쳤다.

"하지만 못 넘을 정도는 아니지."

그러자 홍화신은 알겠다는 듯 살짝 고개를 끄덕인 후 몸
을 돌려 사라졌다.

염황은 슬쩍 고개를 돌렸다.

그곳에 기다렸다는 듯 사내 한 명이 모습을 드러냈다.

염황이 단호한 표정으로 말했다.

천마재생

"화천에 가서 전하라. 천종쟁패를 열겠다고."

사내는 고개를 푹 숙인 후, 나타날 때처럼 홀연히 사라졌다.

홀로 남겨진 염황은 다시 성벽으로 고개를 돌렸다.

사라진 홍화신이 아직도 보인다는 듯 다짐하듯 외친다.

"바로 내가 마지막 남은 한 명이 될 거요!"

어디선가, 홍화신의 비웃음소리가 들리는 것만 같았다.

第百三十四章.

너도 마찬가지야

第百三十四章.

너도 마찬가지야

햇살이 뜨겁다.

나무마다 달라붙은 매미는 발악하듯 울어댄다.

여름이 왔다고 외쳐대는 것만 같다.

하지만 홍화국의 백성은 오히려 몸을 움츠렸다.

몸이 익을 정도로 더워진 날씨도 꽁꽁 얼어붙은 그들의 마음을 녹일 수는 없었다.

홍화국을 휘감은 불길하고 음습한 분위기 때문이었다.

수라천마 장후라는 사내가 이끄는 무리가 열 두 제후국 중 하나인 분초국의 수도 화천을 장악하였다는 소문이 홍화국의 전역에 퍼진지도 한 계절이 지났다.

처음 그 소문이 들었을 때, 그 누구도 믿지 않았다.

87

그 누가 있어서 분초국의 수도를 장악할 수 있단 말인가.

하지만 그 소문은 사라지지 않고 오히려 살을 더해 갔다.

역모를 꿈꾸던 수십 개의 무리가 수라천마 장후의 밑에 붙었고, 그로인해 세력을 점점 넓히고 있단다.

뿐만 아니라 분초국의 공 중 한 명인 희공이 오천의 정병과 다섯 명의 홍화무장을 이끌고 화천의 수복을 시도했는데, 오히려 궤멸당하고 희공은 목이 잘려 나갔단다.

더욱 가관인건 이 나라의 이인자인 염황이 직접 화천을 방문하여 수라천마 장후라는 자와 회담을 나누었단다.

염황이 직접 나서서 수라천마 장후라는 자와 회담을 가졌다고?

말도 안 된다.

하지만 소문이 사실이라는 근거가 속속 이어졌다.

각 제후들의 움직임도 심상치 않았다.

긴장하며 각 지방에 분산된 병력을 한 곳으로 끌어 모으고 있다는 소식이 뒤따랐다.

뭔가 큰 일이 벌어진다는 불길한 분위기를 어린 아이조차도 느낄 수가 있었다.

전란이 오는가?

그 끝에는 변혁이 있는가?

아니면, 파멸 이후 잿더미가 된 이 땅 위에 또 다른 압제가 뒤따를까?

그러던 어느 날, 갑자기 홍화국 전역에 방문이 걸렸다.

이 나라를 지배하는 신, 홍화신 만이 사용할 수 있는 붉은 꽃이 그려진 방문에는 몇 개의 글자만이 적혀 있었다.

〈너희의 뜻을 받아들여 천종쟁패를 개최하노라〉

무슨 의미일까?

우리가 무슨 뜻이 품었다는 것일까?

그리고 천종쟁패가 대체 무엇이란 말인가?

다만 한 가지.

홍화신이 움직였다.

이 나라를 염황과 제후들에게 맡긴 채, 방관하고 있던 홍화신이 수십 년 만에 무언가를 시도하려 한다.

그것이 무엇인지는 모르지만, 그 결과는 알 수 있었다.

이 무더운 여름을 겨울보다 춥고 혹독하게 식히리라.

피로써.

죽음으로써…….

매미가 울고 있다.

혹시 저 미물이 자아내는 소리는 다가올 참혹한 미래를 예고하는 비명인가?

아니면 혼을 부르는 노래인가.

✝

드디어 천종쟁패가 개최된다.

직례국을 다스리는 염황이 천종쟁패의 찬성에 인장을 찍었고, 이 나라의 열두 제후국 중 다섯이 동의했다.

총 여섯 개의 인장.

절반을 넘어야만 천종쟁패를 개최할 수 있는 약속의 요건이 충족된다.

그렇다면 남은 하나는 누구의 것이었을까?

바로 홍화신.

그가 천종쟁패의 개최에 찬성하는 쪽에 자신의 인장을 찍었다.

대체 왜 일까?

천종쟁패는 홍화신을 향한 인간의 반기이다.

그에게서 받은 것에 만족하지 않고, 그가 가진 모든 것을 빼앗고자 하는 배덕자의 야욕이다.

그러니 홍화신은 거부해야만 했다.

배신감에 치를 떨며, 천종쟁패의 개최에 인장을 찍은 제후를 제압하여야만 했다.

그런데 대체 왜 그런 걸까?

"우리의 신은 장난을 즐기기 때문이지."

은색의 갑주를 착용한 중년의 사내는 그렇게 속삭이듯

말했다.

사내의 전신을 물샐 틈 없이 감싼 은색의 갑옷은 햇살이 닿을 때마다 시리도록 환한 빛을 뿜었다.

그렇기에 사내는 멀리서 보면 빛으로 이루어진 듯이 보였다.

신비롭고 화려하다.

이 사내가 전장에 나선다면, 그의 적은 이 아름다운 갑옷을 훼손하기 싫어서라도 칼을 휘두르지 않으리라.

하지만 아는 사람은 안다.

이 신비롭고 아름다운 은색의 갑옷은 그 어떠한 병장기로도 부술 수 없다는 것을.

광화패갑(光華霸鉀).

이 나라 홍화국이 자랑하는 세 개의 신병 홍화삼신기(紅花三神器) 중 하나이기 때문이었다.

그리고 광화패갑은 열 두 제후국 중 최강국인 광패국을 상징하는 국보이기도 했다.

광화패갑을 입은 자.

그 정체는 뻔하다.

광화패갑을 착용할 수 있는 자격을 가진 사람은 오직 광패국을 다스리는 제후, 광영은천(光榮銀天)이니까.

광영은천은 홍화국 제일의 무인이라고 불릴 정도로 강한 사내였다.

그라면 홍화무장을 상대한다고 하여도 이길 수 있을 것이라는 이야기가 뒤따를 정도였다.

그럴 때마다 광영은천은 아니라며 쓴웃음을 지었지만, 실제로 그의 실력을 본 사람은 겸양의 표시일 뿐이라고 여겼다.

그런 광영은천이 광패국의 국보인 광화패갑을 착용한 채 말을 달리고 있다.

그가 광화패갑을 입었다는 건, 광화국의 국운을 걸 정도의 싸움이 벌어질 것이라는 의미로 여길 수 있었다.

아니나 다를까.

그의 뒤로 거의 일천 명으로 이루어진 무리가 뒤따르고 있었다. 그들은 하나같이 칠흑색의 갑옷을 착용했고, 기둥처럼 두꺼운 창을 들고 있었다.

그들이 타고 있는 군마 역시도 두꺼운 칠흑색 철갑으로 휘감겨 있었다.

광화국 최강의, 아니 이 홍화국 최강이라 일컬어지는 군대 흑패군(黑覇軍)이었다.

그 뒤로 수십 개의 마차가 뒤따르는데, 마차마다 병참을 위한 물자가 가득 쌓여 있었다.

전쟁이다.

광영은천이 지금 전쟁을 치르러 가는 것이다.

그렇다면 어디로?

대체 누구를 상대로 전쟁을 벌이겠다는 것일까?

그들이 향하는 방향에 있는 것은 분명 직례국이었다.

설마 직례국을 급습한다는 것일까?

광영은천이 앞을 노려보며 다시 입을 열었다.

"그래, 그 분은 장난을 아주 좋아하시지. 어린 아이처럼 말이야."

광영은천의 옆, 청년이 달리고 있었다.

호랑이처럼 크고 또렷한 눈매와 날카로운 콧날이 광영은천과 흡사했다.

그가 광영은천의 둘째 아들이며, 그의 모든 것을 이어받을 후계자인 소천패공(小天覇公)라는 증거였다.

소천패공은 그를 향해 말했다.

"소자가 미욱하여 알아들을 수가 없군요. 홍화신께서 천종쟁패를 개최함이 장난을 좋아하기 때문이라 하심은 어떤 연유가 있는지요?"

광영은천이 말했다.

"홍화신께서는 즐거움을 좋아하신다. 그 분은 꽃을 좋아하시고, 꽃을 키우는 것을 좋아하시며, 꽃과 어울리기를 좋아하신다."

소천패공이 고개를 숙였다.

"소자 들은 적이 있습니다. 홍화신께서는 하늘과 땅의 구분조차 없이 홍화만으로 가득한 화원을 꾸미고, 그 화원을

천마재생

가꾸며 늘이는 낙으로 사신다고 하였습니다."

"그래. 그 분의 낙이지. 그런데 아느냐, 그 분은 꽃을 키우기보다 꺾는 것을 더 즐기신다는 것을?"

"꽃을 꺾는 것을 즐기신다고요?"

"그렇다. 그 분은 꽃을 밟고, 짓이기고, 찢고, 뭉개기를 즐기시지. 그러기 위해 꽃을 키우시는 게야."

"대체 왜? 그러하시다면 꽃을 모아오라고 명하시면 되지 않습니까?"

"스스로의 손으로 보듬어 키운 것이야말로 꺾을만한 가치를 여기시는 모양이더구나."

소천패공은 인상을 구기며 고개를 내저었다.

"알 수 없군요."

그가 더 알 수 없는 건, 홍화신이 악취미가 천종쟁패의 개최에 손을 들어준 연유와 무슨 접점이 있느냐는 것이었다.

하지만 묻지는 않았다.

광영은천은 가혹한 사람이었다.

그의 기분을 거슬렸다가는 아무리 자식이라고 하여도 용서하지 않았다.

그렇기에 둘째인 자신이 부왕의 뜻을 거슬러 반신불수가 된 형님을 대신하여 후계자가 될 수 있었다.

소천패공은 그 날의 교훈을 가슴 깊이 새기었기에 기다릴 줄 아는 지혜를 얻었다.

잠시 후, 광영은천의 입이 벌어졌다.

"홍화신께서 천종쟁패를 개최한 연유는 그 분께서 꽃보다 사람을 더 좋아하시기 때문이다."

소천패공의 눈동자가 파르르 떨렸다.

'꽃보다 사람을 좋아한다?'

홍화신이 꽃을 좋아하는 방식대로라면?

광영은천이 말했다.

"그 분은 사람을 키우기를 좋아하시지. 만드는 것도 좋아하시지. 나라를 이루고, 가꾸기를 좋아하시지. 그렇게 이 홍화국은 만들어졌고, 직례국과 열두 제후국이 생겼다. 하지만 그 분은 사람을 키우기보다는 꺾기를 더 좋아하신단다."

"그 말씀은?"

"이 나라 홍화국은 역사가 없다. 기록하는 법이 없으니, 언제 만들어졌고, 어떻게 이루어졌는지를 알 수가 없지. 하지만 우리 가문에는 은밀하게 전승되는 책 하나가 있단다. 그를 통해 나만은 이 나라의 비밀을 몇 가지 알 수 있었지."

이 나라의 비밀이라.

대체 뭘까?

소천패공은 묻지 않고 기다렸다. 그저 조용히 기다리며 귀만을 열었다.

원하지 않음으로써 원하는 것을 얻을 수 있다는 것을 배웠기 때문이었다.

그의 배움은 틀리지 않아서, 광영은천의 입을 벌어졌다.

"홍화국은 지금까지 세 번 궤멸되었다."

"네?"

홍화국이 궤멸되었다니.

그렇다면 대체 어떻게?

누구에게?

그리고 어떻게 다시 이루어졌단 건가?

설마?

소천패공은 속삭이듯 말했다.

"홍화신께서……?"

광영은천은 무겁게 고개를 끄덕이며 말했다.

"그래. 다시 이 나라를 일구고 세운 것 역시 홍화신이지."

"대체 왜?"

"그것이 바로 그 분이 사람을 좋아하는 방식이니까."

소천패공은 몸을 부들부들 떨었다.

부수기 위해 만든다.

사람을, 나라를, 세상을…….

무서웠다.

더불어 화가 났다.

이 나라의 모든 것이 홍화신에게 부수어지기 위해 존재한다는 것이 아닌가.

광영은천이 말했다.

"우리 가문에 전해지는 사서에 그 세 번의 몰락을 이렇게 기록하고 있더구나. 천종쟁패, 라고."

소천패공의 눈이 커졌다.

"그 말씀은?"

광영은천은 고개를 끄덕였다.

"그래. 알겠느냐? 천종쟁패가 무슨 의미인지를?"

그러더니, 고개를 휙 돌려 전면을 매섭게 노려보았다.

"하지만 이번은 다르다. 다를 수밖에 없지. 나는 많은 준비를 해왔다. 내 대에 분명 천종쟁패가 열릴 것을 예감했기 때문이야. 나는 천종쟁패가 벌어지는 전장, 개화암시(開花暗市)의 지도를 미리 습득했고, 천종쟁패가 벌어졌을 때의 전황을 예상하고 준비해 두었다."

소천패공이 말했다.

"부왕께서 이토록 서두르신 이유군요."

광영은천이 고개를 끄덕였다.

"그렇다. 개화암시에 우리가 가장 먼저 도착하여야 한다. 미리 예정해둔 주둔지를 장악하고, 수성을 하여야 한다. 천종쟁패는 긴 싸움이다. 강한 자가 이기지 않아. 살아남는 자가 이기는 전장이야. 결국 우리가 살아남을 것이다."

소천패공은 다부진 광영은천의 옆얼굴을 바라보았다.

'우리가 살아남는다?'

웃음이 날 것 같았다.

'당신만이 살아남겠지요.'

광영은천은 오직 자신 밖에 모르는 사람이었다.

그리고 소천패공은 그런 광영은천을 그대로 빼닮았다고 불리는 사내였다.

광영은천이 준비를 해두었다면, 소천패공 역시 나름의 준비를 해두었다.

'부왕. 살아남아 이 나라의 새로운 신이 되는 건, 당신이 아닌 내가 될 겁니다.'

소천패공은 그런 다짐을 눈빛에 담아 전면을 노려보았다.

지금 이 순간 광영은천과 소천패공은 닮은 얼굴만큼이나 눈빛 역시도 흡사했다.

광영은천이 어느 순간 크게 외쳤다.

"보라. 개화암시이다! 드디어 도착했구나!"

소천패공 뿐 아니라, 그들의 뒤를 따르는 흑패군 역시 앞을 바라 보았다.

거대한 어둠의 벽이 보였다.

그 벽은 고개를 좌우로 움직이고, 위로 들어보아도 그 끝이 보이지 않았다.

그저 하늘에서 뚝 떨어져 이 곳부터는 너희가 들어올 수 없는 영역이라며 선을 그어놓은 것만 같았다.

개화암시.

지도에도 없는 곳이다.

홍화신이 천종쟁패의 개최를 선언한 순간 생겨났고, 그 안으로 들어선 사람은 다시 나오지 않았다는 얘기만 들려올 뿐이었다.

개화암시가 생긴 건 이틀 전이었다.

그러니 홍화신을 없애고 새로운 신이 되기를 꿈꾸는 이들 중 가장 먼저 도착한 건, 광영은천과 그의 세력 흑패군일 것이 분명했다.

그럼에도 조바심이 나는지, 광영은천을 거칠게 외쳤다.

"서둘러라! 주둔지를 차지하여야 한다!"

그러며 고삐를 휘두르며 앞서 달려 나갔다.

광영은천을 쫓기 위해 흑패군은 서둘러야 했고, 그 때문에 말발굽소리가 귀청을 찢을 듯이 울려 퍼졌다.

잠시 사이 그들은 거대한 암벽의 앞에 도달할 수 있었다.

가까이서 보니 검은 벽은 형체가 없었다.

그저 먹구름을 묶어 놓은 것만 같았다.

모두가 놀랐지만, 광영은천만 이미 알고 있었다는 듯 속도를 줄이지 않고 그대로 검은 벽을 향해 달려갔다.

그의 몸이 그대로 벽 속에 스며들었다.

목소리만이 울려퍼진다.

"무엇들 하느냐! 서두르라 하지 않았더냐!"

소천패공과 흑패군은 떨떠름한 얼굴로 뒤를 쫓았고 검은 벽을 향해 그대로 질주했다.

닿는 순간 아무것도 느낄 수가 없었다.

그저 순간 앞이 검게 물드는가 싶더니, 다시 푸른 하늘이 그들을 반겼다.

대신 땅의 색이 조금 달랐다.

피처럼 붉었다.

자세히 살피니 땅은 붉은 꽃이 발 디딜 틈이 없을 만큼 가득했다.

홍화.

모두가 홍화였다.

홍화는 이 나라 홍화국을 상징하는 국화일 뿐 아니라 달여 먹으면, 수년은 무병장수할 수 있다는 귀한 약재이기도 했다.

이 모두가 홍화라니.

한 줌만 가진다고 해도, 수십 년을 먹고 살 수 있을 만한 재산이 될 것이다.

그런데 괴이하게도 대지를 붉게 수놓은 홍화 중 그 어느 것도 제대로 줄기에 매달려 있는 것이 없었다.

모조리 꺾이거나, 뭉개져 있었다.

괴이한 일이었다.

꽃이 져 떨어질 수는 있어도, 꺾이거나 뭉개질 수는 없다.

누군가 일부러 그리했다는 건데, 대체 이 귀한 홍화를 굳이 꺾고 밟고 찢는단 말인가.

더구나 눈이 닿는 곳에 있는 모든 공간을 가득 채울 만큼 많은데?

그때 소천패공의 목소리가 울려 퍼졌다.

"부왕? 왜 그러십니까?"

흑패군은 일제히 소천패공 쪽으로 고개를 돌렸다. 그리고 바로 소천패공이 바라보는 방향으로 시선을 보냈다.

그곳에 광영은천이 넋이 빠진 사람처럼 멍하니 서 있었다.

뭔가를 바라보고 있는 듯만 했다.

대체 뭘까?

모든 이들이 광영은천의 시선을 쫓았다.

그곳에 피부가 백옥처럼 하얀 청년이 서 있었다.

누굴까?

청년은 오른 발을 높이 들고 있는데, 그 밑에 유일하게 줄기에 제대로 매달려 있는 만개한 홍화가 있었다.

청년이 빙긋 웃으며 말했다.

"마침 잘 왔구나. 이게 마지막 꽃이었단다."

청년의 발이 그대로 내려가 홍화를 짓밟았다.

그의 발 밑이 피처럼 붉게 물들었다.

청년은 그 광경이 즐겁다는 듯 환하게 웃었다.

"하하하하하하핫! 좋아. 그래야지. 그렇게 붉어야 내 것이지. 그렇게 발악해야 내 것이지! 푸하하하하하하핫! 그렇지 않느냐?"

그러며 청년은 고개를 돌려 광영은천을 바라보았다.

그제야 굳어 있던 광영은천의 입이 벌어졌다.

"호, 홍화신? 다, 당신께서 이곳에?"

그 순간 소천패공 뿐 아니라, 흑패군 모두가 놀라 눈과 코, 입이 찢어질 듯 벌어졌다.

바로 저 청년이 이 나라를 지배해온 미친 신, 홍화신이라는 건가?

청년, 홍화신이 광영은천에게서 시선을 떼고, 소천패공과 흑패군을 둘러보았다.

그의 눈동자에 기쁨이 읽힌다.

"꽃이 남지 않았으니, 드디어 너희를 꺾을 때로구나."

그 순간 광영은천이 크게 외쳤다.

"쳐라! 홍화신을 죽여라!"

그 순간 홍화신이 손을 들어 올리더니, 광영은천을 향해 검지 손가락을 세웠다.

푹!

광영은천은 귀를 적시는 섬뜩한 소리에 뭔가 이상하다
는 생각을 했다.

그리고 홍화신의 손가락이 가리키는 자신의 몸을 내려
보았다.

몸통에 둥근 구멍이 보였다.

그 어떤 병장기로도 흠집을 낼 수 없다는 홍화삼신기 중
하나인 광화패갑은 도려낸 듯이 잘린 채 사라졌고, 그 안
에 있어야할 자신의 피륙 역시 보이지 않았다.

광영은천은 그대로 허물어졌다.

다시는 일어나지 못할 것이 분명했다.

소천패공과 흑패군은 부들부들 떨며 대체 무슨 일이 벌
어진 것인가를 고민했다.

그들의 귀에 홍화신의 비웃음같은 목소리가 흘러든
다.

"자, 천종쟁패를 시작하자꾸나."

그러며 그들을 향해 종종 걸음으로 다가오기 시작했
다.

재미난 장난감을 발견하여 신이 난 아이처럼……

천마재생

†

악몽이다.

그저 개꿈일 뿐이야.

어서 깨어나야지.

그러면 식은땀으로 흠뻑 젖어 눅눅해진 베개와 이불이
반기겠지.

짜증을 담아 욕설이나 몇 번 뱉어야지.

그리고 끈적끈적한 기분과 몸을 풀어내려 욕조를 찾아
야겠어.

궁녀 몇을 데려다가 기분을 내야지.

거기서 조반도 하는 거야.

'끊었던 미혼약도 오랜 만에 좀 하고. 그럼 이 개꿈은 바
로 잊히겠지.'

소천패공은 그렇게 생각했다.

그렇게 마음을 먹으니 귀청을 찢을 듯이 날카로운 비명
과 시야를 붉게 물들인 피의 비와 살점의 우박이 그저 우
습기만 했다.

정말 웃음이 났다.

"홋. 허허. 하하하하하하핫!"

한 번 웃음이 터지니 멈추지가 않는다.

소천패공은 배를 붙잡고 웃었다.

정말 이딴 꿈을 꾸다니.

요즘 천종쟁패 때문에 불안하고 초조하기는 했다.

부왕과 그는 오랜 세월 천종쟁패를 대비해왔기에 자신
은 있었지만, 그래도 혹시 모를 변수가 있지 않을까 하는
의심을 지울 수는 없었다.

그래서인가 보다.

아무리 그래도 그렇지.

이건 좀 너무 심하지 않은가.

'이딴 꿈을 꾸다니 말이야.'

보라.

부왕께서 가슴에 커다란 구멍이 뚫린 채 죽어 있다.

부왕 광영은천은 열두 제후국 중 최강의 전력을 자랑하
는 흑패국의 제후이기 전에, 이 나라 최강의 무인이라고
일컬어질 정도의 고수였다.

그런 부왕이 저렇게 볼품없이 죽을 리가 없다.

더구나 부왕이 입은 갑옷은 홍화삼신기 중 하나인 광화
패갑이지 않은가.

그러니 저리 죽을 수는 없다.

그리고 또 보라.

지금 살덩이와 핏물이 되어 쏟아지고 있는 사내들을.

그들은 바로 흑패군이다.

단일집단으로써는 홍화국 최강이라 일컬어지는 정예군

대란 말이다.

부왕은 언젠가 닥칠 천종쟁패를 위해 흑패군의 전력을 칠할 정도 숨겨왔다.

그럼에도 흑패군은 홍화국 최강의 군대였다.

그런데 마치 폭죽처럼 터지고 있다.

부서지고 있다.

그들이 걸친 철갑은 종이처럼 구겨지고, 병장기는 마른 지푸라기처럼 뚝뚝 끊어진다.

그냥 가죽포대에 핏물과 고깃덩어리를 채우고 무쇠와 같은 색이 나는 종이로 둘둘 말아둔 것만 같았다.

홍화국 최강의 군대 흑패군이 가죽포대만 못할 리가 없지 않은가.

그러니 이건 꿈이 확실하다.

증거는 또 있다.

살아남은 흑패군 중 절반 정도는 병장기조차 던져버린 채 뒤쪽을 막고 있는 검은 벽에 달라붙어 있었다.

들어올 때는 그저 안개만 같을 뿐이기에 조금도 방해가 되지 않았던 벽이었다.

그런데 그들은 나갈 생각이 없는 걸까?

벽에 들어가지 않고, 그저 그 앞에 매달려 있을 뿐이었다.

흑패군 중에는 벽에 몸을 던지는 이들이 보였다. 병장기를 마구 휘둘러대는 이도 눈에 뜨였다.

하지만 벽에 부딪힌 순간 모조리 튕겨 나올 뿐이었다.

그러니 이건 다 꿈일 뿐이다.

이게 꿈이라는 증거를 마지막으로 하나만 더 찾으라면, 바로 저 저 녀석이었다.

흑패군을 두부처럼 짓뭉개고 있는 저 마른 청년을 보라.

온몸을 피로 물들인 채 어린아이처럼 웃어대고 있는 저 미친 녀석을 보란 말이다.

끊어 버리거나 부숴버린 누군가의 내장과 살조각을 훈장이라는 듯 몸에 덕지덕지 붙이며, 신이 난 듯 돌아다니고 있다.

'홍화신이라고? 저게?'

홍화신이 존재한다는 것은 이 나라 모든 이들이 알지만, 그의 외모는 아는 사람은 오직 열 세 명뿐이다.

바로 염황과 열두 명의 제후들.

그들에게만 홍화신을 접견할 수 있는 자격이 부여된다.

그렇기에 소천패공 또한 홍화신의 용모를 모른다.

언제일까?

소천패공은 아주 어렸을 때 한 번 부왕인 광영은천에게 홍화신의 용모를 물어본 적이 있었다.

하지만 돌아오는 답은 없었다.

광영은천은 그저 떠올리는 것만으로도 두렵다는 듯 몸을 떨었을 뿐이었다.

그렇기에 어렸던 소천패공은 홍화신의 용모를 막연히 상상만 했었다.

되도록 나약하고, 비굴한 모습으로.

어린 자신이라고 해도 쉽게 혼내줄 수 있는 초라한 외모로.

그래야 자신이 홍화신을 물리치고 이 나라의 새로운 신이 될 수 있을 테니까.

그때의 상상이 딱 저 홍화신의 모습과 같았다.

그랬다.

그러니 이 모든 건 내 상상의 산물인 거다.

모조리 꿈에 불과하다.

어쩌면 깨고 나면 기억하지도 못하겠지.

"하하하하하하핫!"

그 사이에도 홍화신은 돌아다니며, 흑패군을 터트리고 있었다.

결국, 잠시 사이 흑패군은 단 한 명도 남지 않았다.

그러자 홍화신은 아쉽다는 듯 혀를 내밀어 입술을 핥았다.

그리고 천천히 고개를 돌려 소천패공을 바라보았다.

이건 무슨 짐승인가 하는 듯 고개를 갸웃거리며 소천패공을 살핀다.

그 동안에도 소천패공은 웃고만 있었다.

그러며 이 꿈이 어떻게 마무리될까만 고민하고 있었다.

그 사이 홍화신은 소천패공의 앞에 이르렀다.

홍화신은 소천공을 이리저리 쓸어보다가 히쭉 웃었다.

"너도 즐거우냐?"

즐겁다고?

이런 지옥에서 무엇을 즐길 수 있을까?

홍화신이 실망스럽다는 듯 눈꼬리를 아래로 내린다.

"역시 너도 아니구나."

당장에 눈물이라도 뚝뚝 흘릴 것만 같다.

그러며 고개와 어깨를 축 늘어트린다.

소천패공은 그런 홍화신을 보며 침을 꿀꺽 삼켰다.

건드리면 툭 하고 부러질 듯이 앙상한 팔과 다리를 보라.

손만 뻗으면 당장에 이 녀석의 머리통을 부숴버릴 수 있을 것만 같았다.

'그래 볼까?'

아!

소천패공의 눈이 커졌다.

이 악몽이 어떻게 마무리 되는지를 이제야 알 것 같았다.

바로 내가 이 괴물의 머리통을 부수고 천종쟁패의 승자가 되는 것이다. 그리고 이 나라의 새로운 신으로 등극하는 것이다.

악몽이 아니었던 것이다.

"푸하하하하하하하핫!"

소천패공은 크게 웃으며 홍화신의 머리를 향해 손을 뻗었다.

덥썩 움켜쥔다.

"내가 바로 이 나라의 새로운 신이 되는 것이야!"

그 순간 숙여 잘 드러나지 않는 홍화신의 입가에 맑은 미소가 어렸다.

"아니었나? 너도 즐겁구나?"

뭐지?

소천패공은 있는 힘껏 손아귀를 좁혔다.

터지질 않는다.

이 녀석의 머리통은 철괴로 만들어진 듯 단단하기만 했다.

홍화신이 슬쩍 고개를 들어올렸다.

"재밌지?"

소천패공은 순간 치미는 두려움을 견딜 수가 없어서 파르르 몸을 떨었다.

만져지는 촉감이 너무도 생생하다.

'설마 꿈이 아닌 거……?'

그러자 홍화신이 짧은 한숨을 내쉬었다.

"역시 너도 아니었어."

위이이이이이이잉!

홍화신이 몸에서 바람이 이는 듯 했다.

그 순간 소천패공은 그의 머리를 부여잡은 자신의 손이 뼈와 살, 그리고 핏물로 나뉘어 가는 광경을 볼 수 있었다.

"으아아아아아아아아아아악!"

팔이 분해되어간다.

이어서 어깨가, 몸통이, 다리가 흩어졌다.

머리만 남겨졌을 때, 소천패공은 볼 수 있었다.

홍화신이 환한 미소와 함께 던진 한마디를.

"피어난 꽃 같구나."

결국 소천패공은 머리통까지 뼈와 살, 그리고 피로 나뉜 채 흩어졌다.

홀로 남겨진 홍화신은 아쉬움의 한숨을 몰아쉬었다.

그러며 검은 벽을 돌아보았다.

뭔가를 기대한다는 듯이 그의 두 눈은 갈망의 열기를 담아 붉게 빛났다.

"역시 너 밖에 없는 것 같아. 그러니 어서 오라고. 심심하단 말이야."

천종쟁패.

그건 미친 신이 허락한 도전의 기회.

아니다.

그건 어쩌면 미친 신이 길며 단조로운 삶에 질려 이따금 스스로를 위로하기 위한 광란의 축제이다.

하지만 홍화신은 이 축제를 즐길 수가 없을 것이다.

'위험한 불청객이 끼어들었으니까.'

주가희는 그렇게 생각하며, 선두에서 걷고 있는 장후의 등을 바라보았다.

경쾌한 걸음걸이가 마치 놀러가는 사람만 같았다.

그뿐 아니라, 그의 일행 모두가 그랬다.

그렇기에 주가희마저도 느긋하게 산천유람이나 가는 길인가 하는 착각이 들 정도였다.

'그럴 리는 없지.'

저 앞, 수십 리 저편에는 어둠의 벽으로 막힌 도시가 있다.

그곳이 바로 우리의 목적지인 개화암시이다.

천종쟁패를 벌어지는 장소.

보름 전, 천종쟁패의 개최를 선언하는 방문이 홍화국 전역에 걸린 그 날 나타난 도시이다.

어림잡아 검은 벽의 길이는 사방 백여 리 정도 쯤 된다
고 했다.

수십만 명이라도 수용할 수 있는 공간이라는 것이다.

그 안에 무엇이 있고, 무슨 일이 벌어지고 있는지는 아
무도 모른다.

호기심을 참을 수 없어 안으로 들어선 사람 중 그 누구
도 나오지를 못하고 있다고 하니까.

나오지 않는 것이 아니라, 나올 수 없는 것이겠지.

개화암시는 오직 한 명만이 남기 전까지는 열리지 않는
감옥이라고 하니까.

'우리는 그 감옥에 가고 있는 거지.'

주가희는 두려움과 긴장감에 침을 꿀꺽 삼켰다.

앞으로 무슨 일이 벌어질까?

그녀는 그 안에서 살아남겠다는 각오는 버렸다.

오직 한 명만이 살아남을 수 있다는 그 지옥의 문을 열
고 나오는 사람의 모습이 자신이 될 것이라는 생각은 도무
지 들지 않았다.

그러니 대신 죽긴 하더라도 최소한 천종쟁패의 승자가
누가 될지를 아는 정도까지는 보고 가겠다는 결심만을 남
겨두었다.

"저건가 보군."

장후의 목소리에 주가희는 그의 등에 고정해 두었던

시선을 돌려 멀리 앞을 바라보았다.

지평선이 검다.

마치 검은 선을 덧대어 놓은 듯하다.

'저게 그 검은 벽인가 보군.'

눈에 보일 정도이니 이제 얼마 남지 않았다는 거다.

'저 안에서는 무슨 일이 벌어지고 있을까?'

제후들은 자신만의 비밀세력이나 군대를 이끌고 개화암시에 들어섰다는 소식이 들려왔다.

염황 역시도 정체 모를 일단의 무리를 대동하여 개화암시에 들어갔다고 했다.

그 외에도 수만 명의 사람들이 개화암시에 들어섰단다.

그녀가 들은 정보에 따르면 벌써 개화암시에 들어간 사람의 숫자는 대략 칠만 명 정도나 되었다.

칠만 명이라니.

분명 한 명만이 살아남는다는 것을 알았음에도 그 정도나 모여들다니.

이해할 수가 없다.

'하기야 나도 마찬가지이지.'

죽을 줄 알면서도 이렇게 가고 있으니까.

주가희의 시선이 다시 장후의 등으로 돌아왔다.

'당신도 그런가요?'

저 사내는 좀 다르지 않을까?

그녀가 마음으로 한 질문을 듣기라도 한 걸까?

　장후가 갑자기 고개를 휙 돌리더니, 주가희를 돌아보았다.

　주가희는 순간 놀랐다. 하지만 장후의 시선이 자신이 아닌, 뒤따라온 모든 사람에게 닿아 있음을 깨닫고, 약간 서운함을 느꼈다.

　서운해?

　'내가 왜?'

　장후가 말했다.

　"저 안에 들어서는 건 잠을 자는 것과 다르지 않아."

　잠을 자는 것과 다르지 않다?

　그게 무슨 뜻일까?

　장후가 말을 이었다.

　"다만 꿈을 꾸지는 못해. 그리고 깨지 않을 뿐이지."

　주가희가 말했다.

　"죽는다는 거군요."

　장후가 가볍게 고개를 끄덕였다.

　"쉽게 말하면 그래. 너희는 죽게 될 거야."

　"알고 있어요."

　장후가 비릿한 미소를 머금었다.

　"안다? 정말 알고 있나?"

　주가희는 순간 발끈하여 뭐라 말하려다 말고 가만히

천마재생

장후를 노려보았다.

그러자 장후가 말했다.

"다시 깨지 않는다는 것, 그게 어떤 건지 안다고? 네가 사라진다는 게 어떤 건지 안다는 건가? 네가, 너라는 사람이, 아무것도 아니라는 게 뭔지 안다고? 안다고 하지 마라. 죽음이란 너의 것이 아니니까. 너를 기억하는, 혹은 네가 남겨둔 사람의 것이다."

장후가 그녀에게서 시선을 떼고 다시 모든 사람들을 향해 말했다.

"돌아갈 사람은 없나?"

아무도 대답하지 않았다.

장후는 어깨를 으쓱했다.

"좋아. 말리지는 않아. 다만, 알아두어라. 너희가 선택한 것임을."

그러더니, 다시 앞으로 고개를 돌렸다.

"너도 마찬가지야."

앞을 바라보는 장후의 두 눈은 새파랗게 빛나고 있었다.

第百三十五章.

황봉(黃峰)의 정체

第百三十五章.

황봉(黃峰)의 정체

천종쟁패가 벌어지는 장소 개화암시의 방벽이자 입구인
정체모를 검은 벽이 오백여 장 앞에 버티어 서 있다.

드디어 목적지에 도착한 것이다.

주가희는 침을 꿀꺽 삼켰다.

몸이 부들부들 떨린다.

긴장감 때문일까?

아니면 두려움 때문일까?

'둘 다겠지.'

이제 저 검은 벽을 넘으면 돌이킬 수가 없다.

죽음의 광란 속에서 허덕여야 한다.

오직 한 명이 남을 때까지.

'남는 한 명은 대체 누가 될까?'

그건 아무도 모른다.

오직 살아남는 자만이 알겠지.

다만 그 유일한 생존자가 홍화신 만은 아니기를 기도해 본다.

아니, 기도 따위는 아무런 힘이 없다.

그럴 시간에 홍화신을 향해 날이 선 칼을 한 번이라도 휘두르는 것이 낫다.

'난 그러기 위해 이곳까지 죽으러 온 거니까.'

그리고 장후의 등을 바라보며 마음속에 감추어둔 생각을 속삭여 본다.

'살아남는 사람이 당신도 아니었으면 하네요. 새로운 신이 되기에는 당신은 너무 가혹하니까요.'

그녀의 마음이 전해진 걸까?

갑자기 장후가 고개를 돌려 그녀를 바라보았다.

주가희는 깜짝 놀라 고개를 틀어 그의 눈길을 피했다.

하지만 장후는 다 안다는 듯 빙긋 웃더니, 다시 앞으로 고개를 돌렸다.

주가희는 눈매를 좁혔다.

'뭐였을까, 지금 저 미소의 의미는?'

마치 네가 원하는 대로 나는 죽게 될 것이라는 듯이 느껴진 건 착각이려나?

'그래, 착각이겠지.'

그나저나 장후는 어떻게 천종쟁패라는 가혹한 전장에서 이기려는 걸까?

주가희는 찬찬히 장후의 일행을 살폈다.

괴겁마령과 신검, 그리고 철리패라는 외팔의 노인.

보는 것만으로도 심장이 아릿할 정도의 고수이다.

그 뿐인가?

혈우마령이라는 청년은 또 어떤가?

아직 실력을 보인 적은 없지만, 저 세 명의 고수들 사이에서도 조금도 어색하지 않다는 것이 그가 어떠한 사람인가를 느끼게 했다.

월야마령과 천살마령이라는 두 소년.

위험하다는 느낌이 가득하다.

그들뿐이 아니다.

소한살객이라는 중년인은 옆에 있어도 존재감이 느껴지지 않는다.

백궁마자라고 불리는 쏙 빼닮은 용모의 두 사내는 눈만 마주쳐도 살이 갈라질 것만 같다.

그리고 그 외에 장후의 수하 삼백 명 정도가 뒤따르고 있었다.

적은 숫자이다.

이미 저 검은 벽 안에 들어간 제후들은 각기 작게는 일

천마재생

천 명, 많게는 만 명에 이르는 부하를 대동하였다고 하니까.

하지만 제후들이 어떠한 정예를 끌고 왔던, 혹은 그 얼마나 데리고 있던 간에, 이 장후의 수하 삼백 명을 감당할 수는 없을 것이다.

주가희의 그런 생각은 짐작이나 기대가 아닌 확신에 가까웠다.

하지만 그렇다고 해도 이들이 천종쟁패의 승자가 되리라는 확신까지는 주지 못했다.

홍화신에게는 홍화무장들이 있으니까.

수라천마 장후가 공표한 대로라면, 홍화무장은 장후가 온 대륙에서 천하제일인이라고 불리던 이들의 복제물이었다.

물론 원형이었던 이들의 실력을 고스란히 이을 수는 없었을 것이다.

그렇지만 홍화무장이 원형의 반이라도 구비했다면, 엄청난 수준의 고수이리라.

홍화무장은 분명 자신들의 실력이 원형의 반이 아니라, 거의 비등한 정도를 갖추었음을 홍화국을 대표하는 폭압의 상징으로써 보여주었지 않은가.

홍화무장의 수는 정확히 몇인지는 몰랐다.

다만 장후가 못해도 오백 언저리는 될 것이라고 언급하지 않았던가.

천하제일에 가까운 고수가 오백 명이나 홍화신의 곁에 있는 것이다.

엄청나지 않은가.

그러니 장후가 천종쟁패의 승자가 될 것이라고 낙관할 수가 없었다.

하지만 천종쟁패는 최후의 승자 단 한 명만을 남기는 싸움이다.

아무리 홍화무장이라고 하여도 홍화신을 지키다가 죽는 것이 자신의 말로라고 여기지는 않을 것이다.

기회를 보아서 배신하려 들겠지.

홍화신의 주구가 아니라 그를 뛰어넘어 신이 되려 할 것이다.

그들의 배신이 장후에게 홍화신을 이길 수 있는 기회의 문을 열어줄 열쇠였다.

'하지만 이들 역시 다르지 않겠지.'

주가희는 신검과 철리패를 노려보았다.

그녀가 이들과 함께 하며 알게 된 것은 저 둘은 장후와 그리 사이가 좋지 못하다는 것이었다.

좋지 못하다는 수준이 아니라, 틈을 보이면 당장에 달려들어 목을 잘라낼 듯만 했다.

홍화신에게 홍화무장이 양날의 칼이라면, 장후에게는 저 두 명이 그러하다고 여겨졌다.

123

그들 외의 다른 이들은 장후에게 충성을 다 하는 듯이 보이지만, 그렇다고 해도 알 수 없다.

혼자만이 살아남아야 하는 순간이 왔을 때, 장후를 위해 저들이 목숨을 버릴까?

지금이야 그러겠다고 하겠지.

하지만 막상 그 순간이 닥쳤을 때엔 조금 다를 것이다.

'사람이란 살기 위해 사니까.'

그때, 장후가 입을 열었다.

"명한다."

그러자 삼백여 명의 수하들이 일제히 허리를 폈다. 그리고 외치듯 말했다.

"하명하십시오!"

한 사람이 외치는 듯하다.

체형은 다 다르지만, 모두가 자세 역시 똑같았다.

눈빛 역시 흡사했다.

주가희는 침을 꿀꺽 삼켰다.

이들이 지금 보인 모습만으로도 여러 가지를 짐작할 수 있었다.

이들이 집단전법에 능숙하다는 것이었다.

늑대라는 짐승을 떠올리게 하는 이들이다.

호랑이는 본래 단단한 몸과 날카로운 이빨을 타고 났기에, 시간이 흐르면 절로 강해진다.

하지만 늑대는 다르다.

그들의 이빨과 발톱은 그리 날카롭지 않기에, 늑대라는 놈들은 사냥법을 혹독하게 배우며 성장한단다.

늑대와 호랑이를 비교할 수는 없다.

하지만 개체가 아닌 무리로써 늑대와 호랑이를 놓고 본다면……, 쉽게 답을 내릴 수는 없을 것이다.

'늑대 같은 자들이야.'

장후의 수하들과 홍화무장의 싸움이 어떨지 그려지는 듯했다.

늑대무리와 호랑이가 서로를 사냥감으로 삼는다면 딱 그렇지 않을까?

장후가 말했다.

"앞으로 너희가 해야 할 일을 알려주마. 살아라. 그것뿐이다."

주가희는 고개를 갸웃거렸다.

'응?'

살라고?

죽이라던가, 죽으라는 게 아니라?

삼백 명이 동시에 고개를 숙였다.

"명을 받듭니다!"

정말 한 사람이 움직이고 말하는 것만 같다.

이 기묘한 위화감이 전투 속에서 어떤 위력을 발휘할까?

'이제 곧 알겠지.'

개화암시의 입구이자 방벽인 검은 벽이 십여 장 앞까지 다가와 있었으니까.

모든 사람의 표정에 긴장감이 흐른다.

저 검은 벽은 무엇일까?

대체 무엇으로 이루어졌기에 들어갈 수는 있어도 나올 수는 없는 걸까?

아무도 알 수 없다.

또한 그 누구도 알아내지 못하리라.

천종쟁패를 개최를 알린 그 날, 저 벽을 단숨에 만들어 낸 홍화신 만의 비밀일 테니까.

이제 오 장 정도의 거리만을 남겨 두었을 때, 장후가 피식 웃었다.

"흐음. 역시 이거였군."

장후가 속삭이는 말에 주가희 뿐 아니라 모두의 시선이 그를 향했다. 그의 표정과 말투가 저 검은 벽은 무엇으로 이루어졌고, 어떻게 만들었는지 자신만은 알고 있다는 것만 같기 때문이었다.

모두의 시선을 느꼈는지 장후가 다시 입을 열었다.

"설명해줘도 알아듣지 못할 거야. 단 이것만은 알려주지. 이 벽은, 나조차도 빠져 나오기 어려워."

그 순간 철리패와 신검, 그리고 장후의 의동생들인 마령들이 놀랍다는 듯 눈을 크게 떴다.

하지만 바로 빙긋 웃음을 머금었다.

모두의 심정을 대변하여 신검이 말했다.

"좋군요. 당신이 빠져나오기 힘들다면, 홍화신도 빠져나올 수 없다는 뜻이니."

장후가 가볍게 고개를 끄덕였다.

"그럴 거야. 하지만 어렵다고 했지 못한다고는 하지 않았어."

철리패가 말했다.

"못할 거외다. 제가 있으니까요."

장후가 피식 웃었다.

"그 자신감, 믿어보지."

괴겁마령이 갑자기 소매를 뒤적거리더니, 가죽으로 만든 물통을 하나 꺼내어 장후에게 내밀었다.

장후가 가죽물통을 바라보며 물었다.

"무어냐?"

괴겁마령이 빙긋 웃었다.

"술입니다."

"술?"

장후는 알았다는 듯 부드럽게 웃었다.

"그래. 송별주는 해야지."

허락을 받았다고 여겼는지, 혈우마령과 월야마령, 그리고

127

천살마령까지 소매에서 가죽물통을 꺼내어 마개를 열었다.

장후는 피식 웃었다.

그리고 괴겁마령에게서 가죽물통을 받아들고 반쯤 비웠다.

"좋은 술이구나."

그러며 다시 괴겁마령에게 내민다.

그러자 괴겁마령은 받아들며 남은 술을 단숨에 비워 버렸다.

동시에 혈우마령과 월야마령, 천살마령도 손에 쥔 수통을 들이켰다.

그때 신검이 혈우마령에게 손을 내밀었다.

혈우마령은 빙긋 웃더니, 마시던 수통을 그에게 내밀었다.

월야마령 또한 마시던 술통을 철리패에게 건네주었다.

그렇게 다섯 병의 술을 여덟이 나누어 마신 후에야, 모두가 다시 앞으로 몸을 돌려 검은 벽을 바라보았다.

괴겁마령이 장후를 향해 물었다.

"형님."

"또 뭐."

"한 가지 여쭙고 싶은 게 있습니다. 그래도 될 런지요."

"안 된다면?"

"그래도 여쭈어 볼 겁니다. 마지막이니까요."

장후는 별 수 없다는 듯 짧은 한숨을 내쉬며 괴겁마령을 돌아보았다.

"뭔데?"

"황봉이 뭡니까?"

그 순간 모두가 눈을 빛냈다.

황봉!

장후가 집마맹을 무너트리기 위해 만든 다섯 개의 세력, 흑총과 백궁, 홍갱과 청지, 그리고 황봉.

하지만 세상이 아는 건, 황봉을 제외한 네 개 뿐이었다.

황봉만은 지금까지 나타난 적이 없었기 때문이었다.

오직 장후의 입에서만 그 존재를 알 수 있을 뿐이었다.

수라천마 장후가 이따금 말하기를, 황봉은 다른 네 개의 세력을 합한 것보다 강대하다고 했다.

장후는 거짓을 말하는 법이 없다.

그러니 황봉은 어딘가에 분명 존재할 것이고, 네 개의 세력을 합한 것보다 강대할 것이다.

하지만 장후 스스로 무덤이라고 칭하는 이곳까지 왔음에도 황봉은 모습을 드러내지 않았다.

그렇다면 장후가 거짓말을 했다는 건가?

마령들 뿐 아니라 신검과 철리패 역시도 궁금하여 장후를 가만히 노려보았다.

천마재생

장후가 무슨 생각이 들었는지 소리 없이 웃더니, 천천히 입을 벌렸다.

"권무영."

대장군 권무영!

그의 이름이 왜 나오는 걸까?

"천태명."

도제 천태명.

죽은 그의 이름을 왜 갑자기 거론하는 건가?

장후는 계속 이름을 열거했다.

"괴겁마령, 혈우마령, 월야마령, 천살마령, 잔악마령. 검성 하지후, 권황 철리패. 그리고 위수한. 그렇게 열 명. 그 열 명이 바로 황봉이다."

무슨 뜻일까?

"그때 내가 가장 두려워했던 건 나의 실패였다. 혹시 내가 죽는다면? 내가 실패한다면? 내가 집마맹을 궤멸시키지 못한다면? 그 가능성은 꽤나 높았어. 집마맹은 강했고, 난 어설펐으니까. 하기에 난 준비했다, 너희를. 기대했다, 너희의 성장을."

장후는 스윽 자신을 바라보는 의형제들과 신검, 철리패를 둘러보았다.

"그러던 어느 순간 난 확신할 수 있었다. 너희라면 분명 내가 실패하더라도 집마맹을 궤멸시킬 수 있으리라고.

그렇기에 너희를 이름 지었다. 황봉이라고 말이야. 이 자리에 그 열 중 여섯 밖에 없지만, 너희가 바로 황봉인 것이다."

신검과 철리패, 마령들은 몸을 부들부들 떨었다.

황봉.

고금최강의 세력이라고까지 일컬어졌다.

언젠가 수라천마 장후가 했던 말 때문이었다.

황봉이라면 나도 무너트릴 수 있을 것이라던가?

수라천마 장후까지 없앨 수 있는 세력, 황봉!

그렇기에 모두가 황봉의 등장을 두려워했다.

이 자리에 있는 여섯 명도 마찬가지였다.

그런데, 그 지상최강의 세력이 바로 우리였던가?

기쁘다.

기쁘다는 말조차 부족할 정도로 기쁘다.

신검이 갑자기 괴겁마령에게 고개를 돌리더니 물었다.

"술, 더 없나? 아무래도 더 마셔야겠는데."

괴겁마령이 그의 마음을 짐작한다는 듯 빙긋 웃었다. 하지만 그의 기대와는 달리 아쉬운 말을 건넸다.

"없소."

그러자 장후가 기다렸다는 듯 말했다.

"그럼 빼앗자. 저 안에 들어가면 있겠지."

모두의 시선이 검은 벽으로 향했다.

그들의 눈빛은 날카롭기 그지없었다.

"그래. 저 안에는 있겠구만."

그렇게 말하며 신검이 먼저 걸음을 옮겼다. 그 뒤를 철리패가 쫓았고, 네 명의 마령이 이었다.

장후는 그들의 뒷모습을 바라보며 피식 웃었다. 그리고 그들의 뒤를 쫓아 검은 벽 속으로 사라졌다.

그 순간 장후의 삼백 명의 수하 중 한명이 속삭였다.

"내가 왜 황봉이야. 누구 맘대로."

하지만 투덜거림과는 달리 기쁘다는 듯이 입매는 스르르 길게 늘어나 미소를 그린다.

그의 속삭임은 그 누구도 들을 수가 없었다.

검은 벽 속으로 사라진 장후조차도…….

†

개화암시는 넓다.

사방 백여 리가 된다.

그러니 천종쟁패는 이 넓은 공간을 어떻게 사용하느냐가 생존과 승리의 열쇠가 될 것이다.

정음국(晶吟國)의 제후 수정강천(修晶鋼天)은 그렇게 판단했다.

'그렇다면 승자는 내가 되겠지.'

정음국은 홍화국의 열두 제후국 중에서 가장 척박한 나라이다.

정음국은 언제나 매서운 황토바람이 몰아치는 대다가 국토의 대부분이 바위산으로 이루어져 있기에 작물을 키울 수가 없다.

그렇기에 수렵과 목축으로 생을 연명한다.

혹은 약탈하거나…….

어찌 되었든 정음국은 그런 이유로 사냥꾼과 도적의 나라라고 불린다.

그 정음국을 다스리는 제후가 바로 수정강천이기에, 그는 사냥이라는 것의 본질을 누구보다 잘 알고 있었다.

보이지 않는 곳에 숨어 사냥감을 방심한 순간을 노려 단숨에 숨통을 가른다.

그게 기본이며 전부이다.

'사냥!'

수정강천은 천종쟁패의 승자가 될 수 있는 열쇠를 바로 그것으로 삼았다.

전쟁이 아닌 사냥을 하는 것이다.

상대의 그림 속의 재료가 되어서는 안 된다.

나의 울타리 속에 상대를 우겨넣어야 하는 것이다.

아무리 그 상대가 홍화신이라고 하여도 마찬가지이다.

천마재생

개화암시 안쪽은 홍화신의 영역이다.

천종쟁패는 그가 만들었고, 그가 그림을 그렸다.

그 안에 발을 들여 놓았다가는 필패이다.

그가 그림을 그리기 위해 집어든 붓을 적실 먹물 밖에 되지 않는다.

'아니지. 홍화신이 그리는 그림은 언제나 붉으니, 먹물이 아니라 핏물이겠지.'

하기에 수정강천은 자신의 울타리를 검은 벽의 근처로 삼았다.

그리고 영역으로 삼았다.

어차피 하나만 남을 때에야 끝나는 싸움이다.

검은 벽의 근처에서 최후까지 버티는 것이다.

수정강천이 대동하고 온 정예병력의 숫자는 팔천.

엄청난 숫자이다.

뿐만 아니라 도적과 사냥꾼의 나라라 불리는 정음국의 정예답게 하나하나가 거칠고 사납다.

믿음직한 놈들이다.

그 어떤 제후국의 정예와 비교한다고 해도 나으면 나았지 못하지는 않을 것이다.

그러니 수정강천은 자신했다.

최후의 순간까지 자신의 수하 팔천의 정예 중 삼분의 이 정도만 남긴다면, 천종쟁패의 승자는 자신이 될 것이라고.

그렇기에 이렇게 안으로 들어서지 않고, 개화암시의 입구라고 할 수 있는 검은 벽 근처에서 버티려는 것이다.

하지만 문제가 없지는 않았다.

정음국은 도적과 사냥꾼의 나라.

그러니 수정강천의 수하들은 도적놈의 심보를 가지고 있었다.

아니, 사냥개의 심정이라고 할까?

언제라든 기회가 보이면 목줄을 풀고 주인을 물어뜯을 수 있는 잔인한 놈들이라는 것이다.

이놈들을 목줄을 풀지 않도록 만드는 방법은 단순하다.

배부르게 먹이고, 놀이꺼리를 제공해주는 것.

해결책은 쉽다.

천종쟁패의 승자가 되겠다는 헛된 꿈을 품은 놈들이 막 개화암시로 들어섰을 때 사냥하는 것이다.

개화암시에 들어선 이들은 분명 그런 헛된 꿈을 꿀만큼 강하거나 그만한 준비를 해온 인물들일 테지만, 검은 벽을 벗어난 순간만은 어린 아이처럼 연약하다.

그 순간을 노려, 그들이 준비해 온 것들을 모조리 빼앗는 것이다.

'목숨까지도.'

죄책감 따위는 없다.

비겁하다고 여기지도 않는다.

그들은 그저 먹잇감에 불과하고, 우리는 사냥꾼이니까.

지금까지 수정강천의 계획은 성공적이었다.

주변에 널려 있는 수천 구의 시체는 그가 개화암시에서 보낸 시간동안 얼마나 많은 사냥을 해왔는지를 증명해주고 있었다.

특히 장대에 걸려 있는 열두 개의 머리를 보라.

홍화무장이었다.

무려 홍화무장을 열두 명이나 잡는 성과를 이룬 것이었다.

그렇기에 수하들은 수정강천의 승리를 믿었다.

이미 홍화신을 대신할 새로운 신으로 떠받들고 있을 정도였다.

"또 들어옵니다!"

어디선가 들려온 수하의 외침에 수정강천은 검은 벽을 돌아보았다.

개화암시의 검은 벽은 누군가 들어올 때 그 전조를 보인다.

표면이 수면처럼 일렁거렸다.

지금처럼 말이다.

"호오. 더는 들어서는 녀석들은 없을 줄 알았는데……."

그렇게 말하며 수정강천은 피식 웃었다.

이제 구축한 진지 속에서 앉아서 무료한 시간을 보내야

하리라 여겼다.

더는 들어설 놈이 없을 것 같았고, 그러니 안쪽에서 벌어질 치열한 싸움이 끝나기를 기다려야 할 듯했다.

그리고 그 싸움의 승자가 나왔을 때, 최후의 사냥을 벌여야겠지.

그게 홍화신이 될지, 아니면 염황이 될지는 모르겠지만, 그 누구라도 상관이 없었다.

팔천에 이르는 정예를 홀로 상대할 수는 없을 테니까.

그런데 이제야 천종쟁패에 참가하려는 놈들이 있다.

늦게 들어선 만큼 혹독한 대가를 치르게 해줘야겠지.

"좀 많이 아플 게야."

수정강천은 손을 번쩍 들어올렸다.

그러자 그의 정예들 중 반은 엄폐물 뒤에 숨었고, 나머지는 오와 열을 맞추고 벽을 향해 달려들 준비를 했다.

들어온 놈들의 숫자가 몇이나 될지는 모르겠지만, 관심도 없었다.

놈들이 할 짓은 뻔했으니까.

들어오는 족족 검은 벽 앞에 멈춰서 일행이 모두 들어오기를 기다릴 것이다.

지휘자는 보통 가장 마지막에 들어온다.

그러니 놈들은 멍하니 서서 자신들의 주인이 들어오기를 기다리는 수밖에 없다.

천마재생

이 얼마나 멍청한가?

검은 벽은 소리를 먹는다.

그러니 지휘자는 자신의 수하가 죽어가는 모습을 보지도, 듣지도 못할 것이다.

그가 검은 벽을 빠져나오는 순간 보게 되는 건 오직 수하들의 시체뿐이겠지.

'이전의 사냥감처럼 말이야.'

검은 벽이 소용돌이친다.

드디어 사냥감들이 빠져나온다는 표시였다.

수정강천은 손을 번쩍 들어올렸다. 그리고 눈을 검은 벽에서 떼지 않았다.

검은 벽 안에서 사냥감들이 나오는 순간, 그의 손은 내려갈 것이다.

그리고…….

"응?"

검은 벽에서 쉬익 하는 바람 소리가 울리더니, 이십여 개의 덩어리가 튀어 나왔다.

'뭔가, 저건?'

덩어리는 사방으로 흩어졌고, 잠복해 있던 정음국의 정예들 사이에 내리 꽂혔다.

바닥에 꽂힌 덩어리가 붉게 물든다.

"설마?"

138 14

잠시사이에 화로에 달군 무쇠처럼 새빨개진 덩어리가 쩍쩍 갈라지기 시작했고, 사방으로 터져나갔다.

콰아아아아아아아아아아아아앙!

귀청을 찢을 정도의 굉음과 함께 땅이 뒤흔들렸다.

"으아아아아아아아아악!"

"아아아아아악!"

잠복해 있던 정음국의 정예가 산산조각이나 흩어진다.

잠시 후 진동은 멈췄고, 대신 흙먼지가 구름처럼 시야를 가렸다.

수정강천은 손을 마구 휘저어 구름 같은 먼지를 밀어내 며 주변을 살폈다.

잠복해 있던 수하 중 절반 정도가 보이지 않았다..

나머지 절반은 넋이 빠진 듯이 멍한 표정으로 앉거나 누 워 있을 뿐이었다.

대체 무슨 일이 벌어진 걸까?

그때였다.

"으아아아아아아아아악!"

"아아아악! 피, 피해!"

"으아아악!"

대체 뭘까?

수정강천은 빠르게 눈을 훑어보았다.

검은 벽에서 튀어나온 놈들이 질주하며, 그의 수하들을

천마재생

죽이고 있었다.

하나같이 빠르고 강하다.

미리 급습을 준비하고 있었다는 듯 자연스러웠다.

대체 이게 어떻게 된 걸까?

잠시 사이 그의 수하는 삼분의 일로 줄어들어 있었다.

남은 삼분의 일 조차 얼마 버티지 못할 듯싶었다.

이건 말도 안 된다.

사냥감들 따위가 감히!

분노와 당황에 휩싸인 수정강천은 입만 우물거렸다.

대체 어찌해야 이 난국을 타개할 수 있을지 알 수가 없었다.

"전쟁에서 가장 조심해야할 적은 눈앞에 있는 놈들이 아니야."

바로 등 뒤에서 들려온 목소리에 수정강천의 두 눈이 커졌다.

슬며시 몸을 돌리자, 그 곳에 낯선 사내가 서 있었다.

장후였다.

장후는 수정강천을 가만히 바라보며 말했다.

"등 뒤에서 칼을 숨기고 있는 놈들이지. 난 그걸 알고, 너도 그걸 알지. 하지만, 너는 알기만 하고, 나는 알기에 하지. 이게 그 차이야."

수정강천이 장후를 노려보며 외치듯 말했다.

"어떻게! 왜!"

"어떻게는 대답해주지. 분명 썩은 고기만을 노리는 들개 놈들이 있을 걸 알고 있었고, 그게 너희였던 것뿐이야. 왜는 굳이 대답할 필요가 있을까?"

수정강천이 칼을 뽑아 들었다.

그의 칼은 수정으로 만들어진 듯이 투명하고 아름다웠다.

유리신도(琉璃神刀)!

홍화삼신기 중 하나로, 그 어떤 것이라고 벨 수 있다는 전설을 가진 신병이었다.

수정강천이 가장 아끼는 보물로써, 그가 유리신도를 가졌다는 건 지금 이 순간까지 아무도 모르는 비밀이었다.

그리고 그가 유리신도의 주인이 될 자격이 있을 정도로 뛰어난 고수라는 것 또한 그 밖에 모르는 비밀이었다.

"네가 수괴겠지?"

수정강천이 그렇게 묻자, 장후는 피식 웃었다.

"말본새가 저렴하군. 싸구려답다고 해야 하나?"

"혀부터 잘라주지."

장후가 다시 피식 웃었다. 그러더니 몸을 돌려 등을 보였다.

마치 찌르고 싶으면 찔러보라는 듯하다.

천
마
재
생

그렇기에 수정강천은 순간 당황했지만, 바로 이를 악물고 유리신도를 앞으로 내밀며 몸을 날릴 준비를 했다.

그때였다.

"내가 분명 충고했지?"

장후의 목소리에 수정강천은 잠시 머뭇거렸다.

충고?

대체 무슨?

그때였다.

푹!

수정강천의 악물린 입이 벌어졌다.

고개를 숙이니, 가슴을 뚫고 나온 손이 보였다.

수정강천은 힘겹게 고개를 뒤로 돌렸다.

그곳에 자신의 가슴을 뚫은 손의 주인이 있었다.

이제 스물이나 되었을까 싶은 청년, 혈우마령이었다.

혈우마령은 특유의 사람 좋은 미소를 머금은 채 말했다.

"형님께서 말했지? 가장 조심해야 할 적은 눈앞의 적이 아니라, 등 뒤라고?"

푹!

혈우마령의 손이 빠져 나왔고, 수정강천은 그대로 꼬꾸라졌다.

그러자 혈우마령은 발을 들어 수정강천의 머리통에 내리꽂았다.

퍽!

혈우마령이 피로 물든 발을 툭툭 털며 말했다.

"텅텅 빈 줄 알았더니, 뭔가 들어있기는 했네."

그러며 수정강천의 시체가 쥐고 있는 유리신도를 향해 손을 뻗었다.

그 사이 주변을 한 차례 둘러본 장후가 혈우마령에게로 시선을 돌렸다.

혈우마령은 유리신도를 자랑하듯 이리저리 휘돌린 후, 어깨에 척 걸쳤다.

"괜찮습니까? 하나 건졌습니다."

장후가 귀엽다는 듯 빙긋 웃었다. 그리고는 전황을 살폈다.

정음국의 정예 중 살아있는 이는 어느새 스물도 되지 않았다.

그 짧은 시간동안 팔천에 이르는 사람이 죽어버린 것이다.

혈우마령이 장후의 곁으로 다가와 말했다.

"우리는 지옥에 가겠죠?"

장후가 스르르 입술을 벌렸다.

"여기가 지옥이야."

"그렇습니까? 그렇다면 다행입니다."

장후가 혈우마령에게 고개를 돌렸다.

천마재생

그러자 혈우마령이 환하게 웃으며 말했다.

"별 차이 없잖습니까?"

장후가 고개를 끄덕였다.

"그렇지. 별 차이 없지. 우리가 선 자리는 언제나 지옥이었으니."

이제 열대여섯 정도로 보이는 소년이 날아와 그들의 앞에 내린다.

월야마령이었다.

"막 정리 끝냈습니다."

그 몇 마디를 나누는 사이, 남아있던 정음국의 정예 스물 역시고 죽어버린 모양이었다.

혈우마령이 약간 씁쓸한 표정을 지으며 말했다.

"우리, 참 잘 죽인다."

월야마령이 고개를 저었다.

"아닙니다. 우리가 잘 죽이는 게 아니라, 저 놈들이 잘 죽는 거죠."

혈우마령이 혀를 내둘렀다.

"이따금 드는 생각인데, 네가 내 동생이라는 게 참 다행이다."

월야마령이 짧은 한숨을 내쉬었다.

"제게는 불행이지요."

그러더니 바로 장후를 향해 고개를 돌렸다.

"명을 내려주십시오, 형님. 우리는 뭘 하면 됩니까? 대충 선만 그어 주십시오. 그림은 언제나 그렇듯 제가 그리겠습니다."

큰 틀은 장후가 정하고, 세부적인 사항은 월야마령이 만든다.

그게 장후와 오대마령이 함께 해오던 방식이었다.

장후가 월야마령이 아닌 개화암시 안쪽을 노려보며 말했다.

"아무것도 그리지 않는다. 가능한 빨리 홍화신을 찾는다. 그리고 죽인다. 그게 전부야."

혈우마령과 월야마령은 알아들을 수가 없다는 듯 고개를 갸웃거렸다.

그때, 검은 덩어리가 내려오더니 괴겁마령으로 변했다.

괴겁마령은 장후의 말을 듣고 이해했는지 고개를 끄덕였다.

"역시 그러시군요."

장후가 빙긋 웃었다.

"그래. 마지막인데 깔끔하게 가자."

괴겁마령 역시 환하게 웃었다.

"네. 힘에는 힘이죠."

그제야 알겠다는 듯 혈우마령과 월야마령이 고개를 끄덕였다.

145

천마재생

힘에는 힘!

그래.

그것이야 말로 이 지옥을 정리하는 가장 단순하면서도 가장 확실한 방식일 것이다.

어째서라고 물으면 이렇게 답하리라.

우리가 최강이니까.

第百三十六章.

예의가 아니지

天魔再生

第百三十六章.

예의가 아니지

장후 일행이 장악했던 화천은 홍화국의 열두 제후국 중
하나인 분초국의 수도답게 거대한 도시였다.

길고 넓은 대로를 따라서는 높고 건물이 즐비하여 화려
함을 뽐냈다. 뒷길로는 측간보다 작고 더러운 판잣집이 다
닥다닥 붙어서 미로처럼 복잡하고 음습하며 더러웠다.

화천은 그토록 거대하고 시끄럽고 복잡하기에 전역을
둘러보려면 며칠이 걸려도 모자랐다.

그런데 개화암시는 화천이 초라하다 싶을 만큼 거대하
고 화려했다.

도로는 넓고 깨끗했다.

하늘에 닿을 듯이 높은 탑처럼 높은 전각이 즐비하다.

149

분초국의 왕성보다 거대한 장원이 예닐곱 개나 된다.

없는 것이 없다.

오직 사람만이 보이지 않을 뿐이다.

이처럼 거대한 도시가 어째서 지금까지 숨겨져 있었을까?

이 거대한 도시에서 살아가던 이들은 다 어디로 가버렸을까?

모른다.

오직 홍화신 만이 알고 있을 것이다.

그가 지금껏 꽁꽁 숨겨놓았던 도시이니까.

"하지만 당황스럽긴 하군. 이토록 큰 도시가 있다는 걸 어떻게 지금껏 몰랐을까?"

염황은 그렇게 중얼거리며 고개를 내저었다.

다른 사람은 몰라도 자신만은 알았어야 했다.

그는 홍화신을 대신하여 홍화국을 다스려 왔었다.

무려 삼백 년이나.

그 동안 홍화신은 염황에게서 보고만 받았을 뿐이었다.

홍화신은 아무것도 하는 것도 없고, 아무것도 아는 것이 없었다.

반면 염황은 홍화국의 모든 것을 안다고 자부했다.

그러니 홍화국의 신은 홍화신이 아니라, 염황 자신이어야만 했다.

그런데 이 거대한 도시, 개화암시는 뭔가?

어디서 튀어나온 것이며, 어떻게 만들어졌단 말인가?

보라.

먼지 한 톨 보이지 않는다.

꾸준히 관리를 해왔다는 것이다.

이 거대한 도시를 관리하려면 상당한 인력이 필요할 것이다.

그렇다면 그 인력은 어디서 나왔을까?

이 도시를 보수하려면 상당한 물자가 필요할 것이다.

그 물자는 대체 어디서 나왔을까?

물론 홍화신은 스스로 원한다면 분명 그만한 인력과 물자는 쉽게 구할 수 있었다.

다만 홍화국의 체제와 구조상 직접이 아닌, 염황 자신을 통해서만이 가능했다.

그런 줄 알았었다, 지금까지는.

"나 말고도 딴 주머니가 있었다는 게지. 하기야 손도 두 개 인데 주머니가 하나면 그것도 우습지. 하지만 아무도 못 보게 숨겨놓은 주머니가 어찌 드러내놓은 주머니보다 클까. 그렇지 않나?"

그러며 염황은 주변을 둘러보았다.

일곱 명의 사내가 그의 등 뒤에 서 있었다.

이 나라 열두 분국 중 일곱 개의 제후였다.

그들의 뒤로는 갑옷을 착용한 사내들이 가득했다.

너무도 많아 마치 무쇠로 만든 숲만 같았다.

대략 사만오천 명 정도.

일곱 명의 제후가 이끌고 온 군대였다.

그들의 주인인 일곱 제후가 염황에게 충성을 맹서했으니, 이들은 염황의 병력이라고 할 수 있었다.

이 엄청난 병력이 바로 염황이 개화암시에 들어와 만들어낸 성과였다.

개화암시에 들어온 이들은 대부분 서로를 죽이기 위해 난투를 벌였다.

하지만 염황은 달랐다.

각 제후와 권력자들을 찾아서 설득하고 연맹했다.

가장 먼저 제거해야할 대상은 홍화신이다.

우리끼리 싸우는 건 그가 원하는 바일 것이다.

힘을 하나로 모으자.

그럼으로써 홍화신을 제거하여야 한다.

그 이후에 천종쟁패의 승자를 가린다고 하여도 늦지 않다.

말이야 옳았다.

홍화신이야말로 선결되어야할 강적이다.

천종쟁패의 승자가 되기 위해 개화암시로 들어온 이들은 모두가 그런 생각이었을 것이다.

14

하지만 누가 그 많은 이들의 욕망을 하나로 묶을 수 있을까?

염황이 해냈다.

그는 이렇게 일곱 명의 제후를 하나로 묶을 수 있었다.

그로써 움직일 수 있게 된 병력이 무려 사만오천 명이다.

이 숫자라면 홍화신을 상대하기에 부족함이 없으리라.

뿐만 아니다.

염황이 좌측의 끝 쪽에 한가로이 서 있는 이백여 명의 사내들 쪽으로 시선을 돌렸다.

정확히는 이백삼십이 명.

저들이야 말로 염황의 진정한 승부수였다.

또한 저들이 바로 염황이 본래 자신을 따르던 세 명의 제후 외에 네 명의 제후를 설득할 수 있었던 힘이기도 했다.

'홍화무장.'

그렇다.

저들 이백삼십이 명은 홍화무장이었다.

홍화신의 자식들.

홍화신이 직접 손으로 빚어낸 무적의 고수들이다.

저들이 바로 홍화신이 이 나라 홍화국을 지배할 수 있었던 가장 큰 힘이었다.

염황의 아는 바가 옳다면, 홍화무장의 총원은 사백삼십 명 내외이다.

그러니 홍화무장 중 절반이상이 염황 자신의 뒤에 있는 것이다.

이백삼십이 명의 홍화무장을 이렇게 뒤에 세우기 위해 얼마나 많은 시간과 비용을 들였던가.

얼마나 많은 희생을 치러야 했던가.

바로 오늘을 위해서였다.

오늘을 위해 참고 견뎠다.

염황은 자신했다.

이백삼십이 명의 홍화무장과 사만오천 명의 정예.

'질 리가 없지.'

드디어 승부를 결할 때가 온 거다.

염황은 고개를 높이 들어 올렸다.

이 시가지의 중심부에 위치한 거대한 첨탑이 보였다.

그 탑은 개화암시 그 어느 곳에서도 볼 수 있을 정도로 높고 거대했다.

탑의 표면에는 숫자가 적혀 있는데, 그 수가 칠만 팔천 삼백이라고 기록되어 있었다.

그 숫자는 지난 보름동안 계속 바뀌었다.

처음에는 저 숫자의 의미가 무엇일까 하고 고민했었다.

하지만 바로 알 수 있었다.

저 숫자는 개화암시에 들어온 사람의 총원을 알리고 있
다는 것임을.

첨탑의 표면에 적혀 있는 숫자가 일이 되는 순간 이 개
화암시는 열리게 되는 구조인 듯했다.

칠만팔천삼백이라.

'많기도 하구나.'

하지만 오늘이 지나기 전에 저 숫자는 최소 삼만으로 줄
어들 것이다.

그리고 줄어든 숫자 중에는 홍화신과 그를 따르는 홍화
무장이 포함되어 있으리라.

그리고 자신의 뒤에 서 있는 사만오천 명도 있겠지.

그리고 남겨진 삼만 명의 허접한 것들과 가벼운 여흥을
벌이는 것이다.

홀로 남을 때까지!

그게 염황의 계획이었다.

"가자. 홍화신을 죽이자!"

염황은 그렇게 외치며 두 손을 번쩍 들어올렸다.

그러자 사만 오천에 이르는 정예가 일제히 외쳐댔다.

"홍화신을 죽이자!"

"미친 신을 죽이자!"

"홍화신을 없애자!"

그들의 외침은 개화암시를 넘어 이 홍화국 전체에 울려

펴질 듯이 우렁찼다.

염황은 등 뒤에서 들려오는 외침과 뜨거운 전의와 열기
가 폭풍처럼 거칠고 용암처럼 뜨거웠다.

이 나라의 사람이라면 그 누구라고 해도, 미친 신을 자
신의 손으로 죽이기를 꿈꿔왔을 것이다.

그렇기에 그런 듯했다.

그 날이 온 것이다.

당장이라도 염황이 명령을 내린다면 사만오천의 정병들
을 폭풍처럼 홍화신을 죽이러 달려 나갈 것이다.

굳이 방향을 가리킬 필요도 없었다.

홍화신이 있는 곳.

개화암시 모든 이들이 알고 있으니까.

바로 저 첨탑의 숫자 밑에 적혀 있지 않은가.

난 여기 있다[我在此], 라고.

'미친!'

하지만 홍화신답다 싶었다.

도전을 즐기고, 피와 죽음을 즐기는 미친 신!

오라는 것이다.

내가 이곳에 있으니, 어서 와서 죽으라는 거다.

'그래, 가주마! 대신 너의 피와 죽음을 보게 될 것이야!
하지만 조금만 기다려라.'

그때였다.

누군가 빠르게 다가와 염황에게 절을 하며 외치듯 말했다.

"일각 후면 도착한다고 합니다!"

염황의 미소가 짙어졌다.

"그래? 드디어 마지막 손님이 오시는 구만."

손님.

세 시진 정도 전이다.

염황은 첨탑에 적힌 숫자가 빠르게 변하는 것을 보았다.

일순간 삼백 정도가 늘어나더니, 바로 숫자가 줄어들기 시작했다. 그리고 멈췄을 때는 팔천이라는 숫자가 줄어들었다.

개화암시로 들어온 삼백 명이 팔천 명을 죽였다는 뜻이었다.

그 뜻을 바로 읽어낸 염황은 확신했다.

기다리던 손님이 들어온 것이라고.

수라천마 장후!

이 천종쟁패가 벌어지게 된 이유이자, 최대의 변수가 될 자.

그가 드디어 개화암시에 도착한 것이 분명했다.

역시 대단하다 싶었다.

들어서자마자 팔천이라는 숫자를 도륙하다니.

검은 벽 주변을 어슬렁거리며 들어오는 이들을 급습하여

157

뜯어먹던 들개 같은 놈들, 정음국이었을 것이다.

들개라고 폄하하지만, 정음국은 만만치 않은 놈들이다.

그런데 수라천마 장후는 들어서자마자 그들을 도륙시켜 버렸다는 것이다.

염황은 소름이 돋는 듯했다. 하지만 반면 뿌듯하기도 했다.

'그 정도는 되어야지.'

염황이 천종쟁패의 선결대상으로 정한 것이 홍화신이라면, 최후의 적수로 낙점한 인물은 수라천마 장후였다.

그렇기에 염황은 수라천마 장후가 이곳에 도착하기를 기다렸다.

다른 제후를 꼬여낼 때처럼 그와 협상을 벌일 생각이었다.

함께 홍화신을 치자고.

그 후에 우리 둘이 최후의 일전을 벌이자고.

이백삼십이 명의 홍화무장과 사만오천 명의 정예를 이렇게 세워둔 이유도 그 때문이었다.

수라천마 장후는 거절할 수 없을 것이다.

당장 이백삼십이명의 홍화무장과 사만오천의 정예병을 상대하기보다는, 함께 홍화신을 먼저 제거하는 것이 옳다고 여기겠지.

실제로 그리 할 것이다.

함께 싸울 것이다.

홍화신을 죽일 때까지는.

다만 홍화신이 죽는 순간, 염황은 바로 수라천마를 칠 생각이었다.

"그들이 왔습니다!"

우렁찬 외침이 뒤편에서 터져 나온다.

그러자 염황은 손을 높이 들어올렸다.

그러자, 사만오천의 정예병은 미리 약속된 대로 양측으로 나뉘어 길을 만들어냈다.

실로 장관이었다.

염황은 흐뭇한 미소를 머금고 그 길을 따라 걸음을 옮겼다.

마치 칼과 창으로 이루어진 숲속을 거니는 기분이었다.

자신이 아닌 다른 이가 이 길에 들어선다면, 언제 쏟아질지 모르는 칼과 창이 두려워 제대로 걸을 수가 없을 것이다.

'수라천마 장후도 그럴까?'

그렇지는 않겠지.

다만 이 위압을 느끼긴 할 것이다.

내민 손을 거부할 수는 없을 정도만큼은…….

염황이 길을 가로지르자 양측으로 나뉘어 섰던 병사들이 자신의 자리로 돌아왔고, 그렇게 길은 바로 사라졌다.

천마재생

그 모습 역시 염황은 흐뭇하기만 했다.

이 길은 나만이 걸을 수 있고, 내게만 열릴 테니까.

'드디어 왔군!'

멀리 지평선 너머에 삼백여 개의 점이 찍혔다.

수라천마와 그의 수하들이었다.

염황은 눈을 가늘게 좁히며 시력을 높혔다.

그러자 멀리 점처럼 보이던 삼백 명의 사내 중 가장 선두에 있는 인물의 모습이 코에 닿을 듯이 크게 보였다.

'수라천마 장후!'

바로 그였다.

염황은 그의 시선 역시 자신의 모습을 담고 있음을 알 수 있었다.

수라천마 장후의 표정은 담담하기만 했다.

하지만 마음만은 파도처럼 일렁거릴 것이다.

경악했을 것이다.

당장 발길을 돌려 도망쳐야 하나 싶을 것이다.

그래, 정말 도망치려 할 거다.

그렇기에 염황은 크게 외쳤다.

"이리 와서 얘기 좀 하지! 악몽도 꿈이라고 하지 않았던가!"

우렁찬 외침이 온 사방에 퍼져 나갔다.

수라천마 장후의 귀까지 전해졌을 것이 분명했다.

그래서인지, 수라천마 장후와 그의 수하들은 속도를 줄이지 않고 계속 다가왔다.

덕분에 거리는 빠르게 좁혀졌고, 수라천마와 그의 수하들은 어느새 이십여 장 앞까지 이르렀다.

그런데 수라천마 장후는 여전히 속도를 줄이지 않고 있었다.

뭘까?

싸우자는 건가?

설마 이 병력을 보고도?

염황은 뭐라고 외치려는 순간 장후의 입이 벌어지는 것을 보았다.

입모양을 읽어본다.

'비켜라, 애송아?'

위이이이이잉!

수라천마 장후의 미간에 푸른빛이 일더니, 거대한 눈동자의 형태로 변했다.

염황은 불길함을 느끼고 있는 힘껏 몸을 날렸다.

그 순간 장후의 미간에 맺힌 거대한 눈동자가 푸른빛의 기둥을 뿜었다.

빛의 기둥은 염황이 서 있던 자리를 지나쳐 병사들을 향해 나아갔다.

콰아아아아아아아아아아아아아아아아!

천마재생

"으아아아아아아아악!"

"아아아아아아악!"

비명소리와 함께 병사들이 먼지가 되어 흩어진다.

푸른 빛의 기둥은 그렇게 길고 넓은 길이 만들어낸 후 사라졌다.

그 길로 수라천마 장후와 그의 수하들이 바람처럼 질주했다.

병사들은 자신들을 지나치는 삼백여 명을 멍하니 바라볼 수밖에 없었다.

놀라서 움직일 수가 없었다.

아니, 두려워서 움직이지 못했다.

"쳐라! 놈들을 막아라!"

염황의 명령이 울려 퍼진다.

하지만 그 사이 수라천마 장후는 자신의 수하들과 함께 병사들의 대열을 빠져 나와, 첨탑을 향해 사라져가고 있었다.

염황은 이를 빠드득 갈며 멀어지는 수라천마 장후의 등을 노려보았다.

넘치는 분노를 버틸 수가 없어 가슴이 터질 것만 같았다.

염황은 크게 외쳤다.

"가자! 첨탑으로! 단 한 놈도 살려두지 말아라!"

그러며 염황은 몸을 날려 수라천마 장후가 만들어낸 길을 달려 나갔다.

염황은 생각했다.

달라지는 것은 없으리라고.

홍화신은 죽는다.

그리고 수라천마 장후도 죽을 것이다.

'어찌되었든 나만이 남게 될 것이야!'

✝

휘이이이이이잉!

바람이 분다.

폭풍이 몰아친다.

수라천마 장후와 그의 일행 삼백여 명은 죽음의 폭풍이 되어 뻗어나간다.

개화암시의 중심부에 위치한 거대한 탑을 향하여.

홍화신과 그의 주구인 홍화무장들에게 죽음을 안기기 위해!

그들의 뒤에는 검은 해일이 밀려든다.

염황과 그가 일구어낸 세력인 일곱 개의 제후국 정예 사만오천 명의 병사가 해일이 되어 밀려들고 있다.

홍화신과 그가 머무는 거대한 탑을 쓸어버리고자.

163

폭풍이 된 수라천마 장후와 그의 일행을 잠재우고자.

그렇게 폭풍과 해일은 거대한 탑을 향해 나아가고 있었다.

그때였다.

갑자기 거대한 탑에서 기이한 소리가 흘러나오기 시작했다.

끼리리릭!

끼릭!

끼리리리리릭!

밀려드는 폭풍과 해일이 두려워 탑이 비명을 지르는 걸까?

아니다.

그건 반대로 가소롭다는 비웃음소리만 같다.

잠시 후 탑의 표면에 둥글게 파이며 검은 구멍 수백여 개가 생겨났다.

거의 동시에 무쇠로 이루어진 원통이 구멍 속에서 솟구치듯 튀어 나왔다.

화포!

화포가 분명했다.

폭풍의 선두, 수라천마 장후가 눈매를 날카롭게 좁히며 속삭였다.

"환영인사를 하려는 모양이야."

그 순간 바로 뒤에 있는 괴겁마령이 물었다.

"화려하겠죠?"

장후가 살짝 고개를 끄덕였다.

"제법."

신검이 물었다.

"받아줄 필요가 있겠소이까?"

대답은 철리패에게서 나왔다.

"우리가 환영까지 받을 손님은 아니지. 과분하지 않은가 싶은데……."

혈우마령이 특유의 넉살스러운 말투로 말했다.

"그렇다고 저리 기쁘게 맞아주는 주인의 고마운 마음씀씀이를 외면할 수는 없지 않습니까?"

월야마령이 기다렸다는 듯 말했다.

"그래서 드리는 말씀인데, 제가 자그마하게나마 선물을 좀 준비했습니다만, 펼쳐 볼까요?"

그러자 괴겁마령이 과장되게 엄한 표정으로 말했다.

"그런 걸 아끼면 쓰겠느냐. 손님된 예의가 아니지. 그렇지 않습니까, 형님?"

모두의 시선이 장후의 등에 모였다.

그러자 장후가 살짝 고개를 끄덕였다.

"그래, 예의가 아니지."

그러며 장후는 살짝 몸을 옆으로 틀었다.

"네가 준비해둔 선물을 꺼내보아라. 정중하게."

그 순간 월야마령의 눈이 환한 빛을 머금었다.

월야마령이 앞으로 뻗어 나와 장후를 지나쳐 앞으로 나섰다.

선봉이다.

이 최후가 될 전쟁에 선봉을 서게 되는 것이었다.

기쁨을 견딜 수가 없어 월야마령의 입이 찢어질 듯이 크게 벌어졌다.

"월하결랑! 발아(發牙)!"

그러자 그들을 뒤따르던 삼백여 명의 수하 중 절반 정도가 갑자기 입을 크게 벌리며 컥컥거렸다.

뒤이어 옷이 터지지 않을까 싶을 정도로 몸이 부풀어 올랐다.

얼굴피부에서는 검은 털이 솟구쳐 오르더니 순식간에 빼곡하게 덮어 버렸다.

다리는 기묘하게 꺾이며, 마치 사슴의 뒷다리와 같은 형태를 이루었다.

팔은 두꺼워지고, 손톱을 늘어나 잘 벼린 칼날과도 같아졌다.

마치 거대한 늑대가 사람을 흉내 낸 것만 같은 모습이다.

월하결랑!

이 순간을 위해 월야마령이 만들어낸 일생의 역작!

거의 이만에 이르는 악인의 몸을 가르고 붙이고 엮어서 만들어낸 살인병기들!

수라천마 장후가 일구어낸 오대세력 중 흑총의 특성을 입혀 월하결랑은 마치 한 몸처럼 움직일 수 있었다.

또한 간부로 키웠던 백궁마수보다 강했다.

고작 백오십 개에 불과하지만, 월야마령은 자신했다.

몇 가지 조건이 갖추어진다면 월하결랑은 수라천마 장후조차도 상대할 수 있으리라고.

물론 그런 자부심을 장후의 앞에서 입 밖으로 낸 적은 없었다.

어찌되었든 월야결랑은 고금무적 살인병기라는 거다.

비록 이렇게 봉인을 해제하면 하루 만에 자연소멸하고 마는 시한부 병기이기는 하지만, 하루면 족했다.

위이이이이이이이잉!

월하결랑이 봉인을 풀고 진면목을 드러낸 사이, 거대한 첨탑에 갑자기 솟아난 돌기 같은 화포들이 빛을 머금기 시작했다.

발포를 하려는 모양이다.

그 중 삼분의 일 정도가 방향을 돌려 장후 일행 쪽으로 향한다.

월야마령은 그럴 줄 알았다는 듯 비릿한 미소를 머금었다.

"막아."

그러자, 백오십 개의 월하결랑이 일제히 앞으로 뻗어나
갔다.

드디어 첨탑의 화포가 빛을 뿜었다.

콰아아아아아아아앙!

수백 개의 화포가 쏟아내는 빛은 각기 그 색이 달랐
다.

화려하고 아름답다.

하지만 뿜어져 나온 빛이 이루어내는 광경은 너무나 참
혹했다.

쾅쾅쾅쾅쾅쾅쾅!

장후일행의 뒤편에서 파도처럼 밀려들던 염황의 사만오
천 병사가 불바다가 되어가고 있었다.

"으아아아아아아아아아악!"

"아아아아아아아아악!"

비명소리가 난무한다.

화포가 뿜어낸 빛이 내린 자리에 있던 사람들은 가루가
되어 날리고, 폭죽이 되어 터졌다.

지독하다.

이곳이 지옥인가?

아니, 지옥이라 하여도 이토록 참혹하지는 않으리라.

장후 일행의 상황도 그리 좋지는 않았다.

첨탑의 화포 중 삼분의 일 정도가 장후일행을 향해 빛을 뿜었기 때문이었다.

하지만 빛이 도달할 때마다 월하결랑이 달려들어 몸으로 막았다.

몸으로 빛을 막은 월하결랑은 자신의 등 뒤로 빛이 빠져나가지 못하게 할 수는 있었지만, 스스로의 몸까지 지킬 수는 없었다.

빛이 닿을 때마다 월하결랑은 폭죽처럼 터져 흩어졌다.

그렇게 월하결랑의 수는 빛과 함께 사라져가 일곱 개까지 줄어들었고, 그 사이 장후 일행은 첨탑의 앞까지 무사히 도달할 수 있었다.

월하결랑의 희생 덕분이었다.

그렇기 때문인지, 신검과 철리패는 월야마령을 돌아보았다.

월하결랑은 그의 소유물이고, 무공실력을 예전의 수준까지 끌어올리지 못한 그가 이 전쟁에 참여하기 위해 준비했던 병기였다.

그런데 시작도 하기 전에 이렇듯 대부분을 잃었으니, 속이 좋지 않을 것이다.

하지만 월야마령의 안색은 조금도 변함이 없었다.

또한 마령들과 장후 역시 마찬가지였다.

대체 뭘까?

월하결랑이라는 괴물의 용도는 본래 이 정도였다는 건가?

그때였다.

신검과 철리패의 시선에 자신이 지나온 궤적을 따라 바닥에서 뭔가가 꿈틀거리는 것이 보였다.

지렁인가?

아니었다.

살덩이며, 조각난 뼛조각이며, 내장의 파편이었다.

하나로 엮여 있을 때는 월야결랑이라 불렸던 것들.

그것들이 다시 뭉치고 엮이며 월야결랑으로 되돌아가려 하고 있었다.

바로 저 모습이야말로 월하결랑의 진정한 무기였다.

불사와 불멸의 신체.

하루의 한정에 불과하지만, 월하결랑을 부술 수 있는 건 세상에 아무것도 없다.

월야마령이 장후에게 고개를 푹 숙이며 말했다.

"조금 시간이 걸릴 것 같습니다. 먼저 가십시오. 곧 쫓아가겠습니다."

월야결랑이 없는 월야마령은 제 한 몸 건사하기도 어렵다.

발목만 잡을 것이다.

그러니 월야결랑이 재구성될 때까지 이곳에 남는 게

170 14

당연했다.

하지만 장후는 무슨 생각인지 가만히 월야마령을 바라보았다.

그러자 월야마령이 소년의 외모에 어울리는 맑은 미소를 지었다.

"그래요. 못갈 수도 있을 겁니다."

"와라."

월야마령이 고개를 크게 끄덕였다.

"네, 형님. 그런데 정말 못 갈 수도 있습니다."

"기다리마."

월야마령이 고개를 푹 숙였다.

"네, 형님."

그때 천살마령이 나섰다.

"이제부터는 제가 길을 열겠습니다."

이제 열 두엇 정도로 밖에 보이지 않는 천살마령이 무슨 능력이 있어서 길을 연다는 걸까?

지금 저 첨탑 안에는 홍화신만이 있는 것이 아니었다.

그를 따르는 홍화무장들 역시 가득할 것이다.

홍화무장은 하나같이 만만치 않은 고수이다.

신검이나 철리패, 괴겁마령이라도 해도 그들 중 다섯 이상을 동시에 상대한다면 이길 수 있을까 의심스러울 정도였다.

171

그런데 이 자리에서 최약자인 천살마령이 길을 열겠다고?

하지만 웃는 사람은 없었다.

천살마령은 이렇게 열두어 살 정도의 외모를 하고 있지만, 한때 천하무림에서 가장 위험한 사람이었다.

천살성의 기운을 타고난 탓에 피를 보지 않고는 견딜 수 없었다고 하지만, 그의 손에 죽은 수만 명의 애꿎은 목숨에 대한 변명으로는 부족했다.

천살마령은 과거에도 무공실력으로 따질 때 최강자의 반열에 들 수는 없었다.

손발을 다 합쳐야 겨우 들 수 있을까?

하지만 사람을 죽일 수 있는 실력으로 따지면, 수라천마 장후 바로 아래라고 불리었다.

그런 그가 아무리 외모가 어려지고 실력이 떨어졌다고 하여도 이 순간 스스로 책임질 수 없는 빈말을 할 리는 없었다.

더욱이 수라천마 장후의 앞에서 말이다.

장후가 고개를 끄덕였다.

"그래라."

그 순간 천살마령은 뒤편에 남아있는 백오십 명의 수하를 향해 고개를 틀었다.

"갑옷을 입을 때가 왔구나."

갑옷을 입을 때?

백오십 명의 수하가 너나 할 것 없이 천살마령에게 달려들었다.

잠시 사이 천살마령은 그들에게 파묻혀 보이지 않았다.

대체 무슨 일을 벌이려는 걸까?

백오십 명의 수하의 몸이 꿈틀거리며 서로에게 들러붙어 하나의 형태를 이루어 갔다.

거인.

수백 개의 사람의 가죽을 벗긴 후 기워서 입은 거인만 같았다.

대체 이건 뭘까?

신검이 목소리를 낮게 깔아 속삭였다.

"반고인린갑(盤古人鱗鉀)."

그의 두 눈에서 그가 쥔 검처럼 날카로운 살기가 줄기를 이루며 튀어나왔다.

신검도 저건 본 적이 없었다.

다만 그 형태와 위력에 대해 들어본 적은 있었다.

과거 한 시대를 피로 물들였던 고루마궐(骷髏魔闕)이라는 문파가 만들어낸 것으로 무림사상 최악의 병기라고 불린다.

고루마궐은 강시와 주술을 다루는 당시 강호제일사파였다. 그들의 악행을 두고 볼 수 없었던 정도무림과 마도무

173

림이 연합하여 고루마궐을 궤멸코자 했고, 결국 그 뜻을 이루려는 마지막 순간 저 반고인린갑이 나타났단다.

그 날 무려 칠천에 이르는 정사양도의 고수가 몰살을 당했다고 전해진다.

반고인린갑의 무서운 점은 저 거대한 형태가 아니다.

착용자는 갑옷으로 화한 백 오십 명의 사람이 머금은 선천지기 그것을 마음대로 뽑아서 쓸 수 있다는 것이었다.

그로써 저 반고인린갑의 선천지기가 고갈되기 전까지는 거의 수라천마 장후에 육박하는 능력을 사용할 수 있었다.

하지만 저 형태를 보라.

살아있는 사람을 저리 엮어서 만들어낸 저 사악한 모습을 보라.

사람이 할 짓이 아니다.

신검의 매서운 시선에 반고인린갑 속에서 천살마령의 목소리가 흘러나왔다.

"내가 나쁜 놈인 거 몰랐소?"

"알았지. 하지만 다시 알았네."

"그래서 어쩌라고. 변명은 한 마디 하지. 이 갑옷의 재료가 된 놈들은 다 죽어 마땅한 놈들이라오."

철리패가 코웃음 쳤다.

"자네처럼?"

그 순간 장후가 말했다.

"아니. 우리처럼."

모두의 시선이 장후를 향했다.

장후가 혈우마령에게 시선을 돌렸다.

"이곳이 지옥이라고 했었지? 정정하지."

그러더니 모두를 둘러 본 후 말을 이었다.

"우리가 지옥이야."

그러자 모두가 헛웃음을 흘렸다.

신검의 눈동자에 맺혔던 살기는 풀어졌고, 철리패 역시 어깨에 힘을 뺐다.

장후가 첨탑을 향해 고개를 돌렸다.

"자. 저 안에 있는 것들은 지옥에 다 쓸어 담아야지."

그 순간 반고인린갑을 입은 천살마령이 빛살처럼 몸을 날렸다.

콰아아아아아아아아아아아앙!

첨탑의 입구가 부서지며, 거대한 구멍을 만들어 냈다.

그 구멍을 향해 장후와 괴겁마령, 혈우마령, 그리고 신검과 철리패가 날아들었다.

홀로 남겨진 월야마령은 구멍을 가만히 바라보다가 속삭였다.

"형님들. 즐거웠죠, 우리?"

대답은 들려오지 않는다.

하지만 월야마령은 들었다는 듯 환하게 웃었다.

천마재생

第百三十七章.

당하는 건 이제부터지

第百三十七章.
당하는 건 이제부터지

첨탑의 안으로 들어선 천살마령은 바로 몸을 멈춰 세웠다.

함정이 있는 걸까?

아니다.

그렇다면 홍화신을 따르는 홍화무장이 그의 앞을 막고 기다리고 있는 걸까?

그도 아니었다.

함정이 있다고 해도 부술 수 있다.

홍화무장이 가로막고 있다고 해도 없앨 수 있다.

거인과 같은 형태로 만들어준 사람을 엮어 만든 갑옷 반고인린갑이라면 못할 게 없다.

반고인린갑이 된 사람들의 선천지기가 고갈될 때까지라는 명확한 한계가 있지만, 그 이전이라면 홍화신이라고 해도 상대할 수 있으리라.

그런데 어째서 천살마령은 걸음을 멈춘 것일까?

그의 뒤를 따라 들었던 장후와 신검, 철리패, 그리고 괴겁마령과 혈우마령 역시 바로 걸음을 멈추더니 눈을 좁혔다.

장후가 지금 모두가 느끼는 심정을 대표하듯 속삭여 말했다.

"넓군."

말마따나 첨탑의 내부는 넓었다.

밖에서 보았던 첨탑은 분명 거대했고, 그렇기에 내부의 공간 역시 넓으리라고 예상했다.

하지만 이 정도일 수는 없었다.

보라.

끝이 보이지 않는다.

평야도 아니고 이럴 수는 없었다.

그 뿐이 아니다.

고개를 들어 올리면 분명 상층의 바닥면이 보여야 했다.

혹여 이 탑이 층으로 구분되지 않은 단층원통형의 구조물이라면, 멀리 점처럼 첨탑의 지붕면을 가린 천정이라도 눈 안에 들어와야만 했다.

그런데 아무것도 없다.

그저 하늘뿐이다.

아니지.

하늘일 리가 없다.

하늘의 색이 피처럼 붉을 수는 없을 테니까.

그리고 태양이 있어야 할 자리에 거대한 꽃 한 송이만이 둥둥 떠 있을 수는 없으니까.

철리패가 속삭였다.

"기환진……인가?"

그렇다.

분명 기환진이다.

하지만 철리패가 확신이 아닌 의문으로 말끝을 흘릴 수밖에 없었다.

지금 이 자리에 있는 네 사람을 현혹할 수 있는 기환진은 세상에 있을 수 없기 때문이었다.

그 순간 장후가 말했다.

"환망귀존(幻網鬼尊)."

환망귀존.

무공이 아닌 기문둔갑(奇門遁甲)이라 불리는 좌도방문의 술수로 천하제일의 자리를 차지했던 칠백년 전의 사도고수.

홍화신이 작성한 천종서열엔 그를 삼십일 위라 기록하고 있다.

장후의 말이 계속 이어졌다.

"신산선자(神算仙子), 음영왕(陰影王)."

한 시대를 풍미했던 사파고수들이다.

그들은 자신들이 살았던 시대에서 천하제일이라고 불리지는 못했지만, 신산선자는 진법, 음영왕은 환술이라는 분야에서 그 누구도 따를 수 없을 정도로 독보적인 지경에 이뤘던 인물들이었다.

그들 역시 하위권이나마 천종서열에 기록되어 있었다.

아직 홍화신을 추종하는 홍화무장 중 환망귀존과 신산선자, 그리고 음영왕의 복제인형이 있다면, 지금 이 자리에 있는 이들을 현혹시킬 수 있는 기환진을 만드는 것이 가능할 수 있었다.

그제야 납득이 가는지 모두가 고개를 가볍게 끄덕였다.

장후가 낮게 속삭였다.

"힘 좀 써야겠어."

그러며 장후는 눈을 얇게 좁혔다.

그의 눈에만은 이 기환진을 파해할 방법이 보이나 보다.

그 순간 천살마령이 말했다.

"제가 길을 열겠다 하지 않았습니까? 지켜보십시오. 제가 알아서 하겠습니다."

그러며 천살마령은 무릎을 살짝 굽혔다.

도약을 할 준비를 하려나 보다.

휘이이이이이이잉.

천살마령의 주위로 바람이 모여들더니 그를 중심으로 빠르게 휘돌기 시작했다.

천살마령이 속삭이듯 말했다.

"제가 태어난 처음 눈을 떴을 때를 기억합니다. 어머니의 얼굴이 보였죠. 그때 제가 무슨 생각을 했는지 아십니까? 죽이고 싶다. 아마 그럴 겁니다. 천살성의 기운을 타고 난다는 건 그런 겁니다."

천살성의 기운을 타고난 이가 가지는 굴레이다.

"사람을 죽인다는 것. 저건 어디를 찌르면 죽을까? 저건 저렇게 가르면 죽일 수 있겠지? 그런 생각만 계속 떠오릅니다. 아마 어머니도 집마맹의 마인의 손에 죽지 않았다면 분명 제 손에 죽었을 겁니다. 다행이라고 할까요?"

쓸쓸한 말이다.

"그런 저를 필요하다고 해준 건 형님들뿐이었습니다. 집마맹의 시대. 전 행복했습니다. 저 같은 놈이 살아가기에는 딱 좋은 세상이었으니까요. 사실 전 지금도 그때가 그립습니다."

투툭.

천살마령을 거인과 같은 외양으로 만들어준 반고인린갑이 꿈틀거리더니, 뭔가를 뱉어냈다.

깡마른 시체였다.

계속 토해낸다.

툭.

투툭, 투툭.

반고인립갑은 결국 이십 개의 시체를 토해냈고, 그만큼 크기가 줄어들었다.

지금 반고인린갑 속의 천살마령은 지금 토해낸 이십인 분의 선천지기를 흡수하여 응축하였다는 뜻이다.

모든 준비를 마쳤다는 듯 반고인린갑의 머리 부위가 들려 핏빛 하늘을 향했다.

"그래서 말인데, 전 오늘 하루만은 그때처럼 살아보렵니다."

장후가 말했다.

"그때의 넌 무서웠지."

괴겁마령과 혈우마령이 고개를 살짝 끄덕였다.

"그랬죠."

신검과 철리패도 동감이라는 듯 무겁게 고개를 끄덕였다.

천살마령이 말했다.

"그랬나요? 전 기억이 나질 않는데. 다만 즐거웠던 것 같습니다, 그때의 저는. 오늘처럼 요."

콰아아아아아앙!

천살마령이 사라져, 하늘을 향해 솟구쳐 올랐다.

잠시사이 그는 태양처럼 하늘의 중심의 자리를 차지하고 있는 꽃 앞에 이르렀다.

천살마령이 주먹을 뻗었다.

콰아아아앙!

꽃이 부서지며, 그 안에서 핏물이 튀어 나왔다.

"역시 여기 있었네. 감으로 찍은 건데."

천살마령의 팔을 따라 검은 기운이 사방으로 뻗어나가, 핏빛 하늘을 찢고 갈랐다.

하늘은 조각이 나며 떨어져 내리더니, 이내 가루가 되어 흩어진다.

그 순간 천살마령이 양 쪽으로 손을 뻗었다.

콰쾅!

굉음과 함께 핏물이 튀어 나왔다.

그의 왼팔에는 눈처럼 새하얀 궁장을 입은 여인이 가슴이 뚫린 채 걸려 있었고, 그의 오른팔에는 검은 야행복을 입은 사내가 배가 뚫린 채 걸려 있었다.

신산선자와 음영왕의 복제인형이리라.

"이번에도 찍었는데, 오늘 난 운이 좀 좋은 것 같네."

위이이이이이이잉!

다시 천살마령의 두 팔이 검게 물들어갔다.

그러자 그의 팔에 걸린 신산선자와 음영왕의 복제인형이 갈기갈기 찢어져 흩어져 내렸다.

천마재생

천살마령은 고개를 높이 들어올렸다.

사라진 핏빛 하늘 너머로 나선의 계단이 모습을 드러냈다.

나선의 계단 중간마다, 한 명이 앉거나 서서 그를 내려보고 있었다.

천살마령의 신위를 보았음에도 그들은 여유로웠다.

그들에게서 느껴지는 막대한 기운과 차가운 눈빛, 그리고 무거운 자세가 자신들이 드러내는 여유에는 근거가 있다고 말하는 듯했다.

홍화무장들이 분명했다.

그렇다면 저 나선의 계단 끝, 그곳에 바로 홍화신이 있을 것이다.

천살마령이 속삭였다.

"오늘 내 운이 어디까지일지 한 번 볼까?"

위이이이이이이이이잉.

천살마령의 두 팔과 두 다리가 검게 물들었다.

동시에 반고인린갑이 툭, 툭, 하고 깡마른 시체를 내뱉었다.

이번에 뱉어낸 시체는 다섯 구.

그 부피만큼 반고인린갑의 크기도 줄어들었다.

천살마령이 말했다.

"저만 따라오십시오, 형님들."

콰아아아아아아아아앙!

천살마령은 계단이 아닌 수직으로 몸을 날렸다.

장후와 괴겁마령, 혈우마령, 그리고 신검과 철리패는 바로 몸을 날려 천살마령의 등 뒤에 따라 붙었다.

그러자 기다렸다는 듯 계단마다 거쳐야할 단계라는 듯 앉거나 서 있던 홍화무장들이 하나 둘씩 병장기를 꺼내들었다.

그리고 자신이 있는 계단의 높이에 이른 순간, 빛살이 되어 천살마령을 향해 날았다.

쾅쾅쾅쾅쾅쾅쾅쾅!

홍화무장들의 공격은 섬광처럼 빠르고, 산보다 무거우며, 파도처럼 맹렬했다.

첨탑이 뿜어냈던 화포의 포탄과 비교해도 못하지 않는 위력이었다.

일세를 풍미했던 정점의 고수들을 그대로 복제한 인형다운 신위였다.

그 위력은 장후라고 하여도 상대할 수 있을까 싶을 정도로 엄청났다.

하지만 천살마령은 그들의 공격을 몸으로 받아 내거나 혹은 손과 발로 막고 튕겨내며, 위로 계속 나아갔다.

반고인린갑이 어째서 고금제일의, 혹은 고금최악의 병기라고 불리는지를 증명하는 듯하다.

덕분에 천살마령의 뒤를 따라 몸을 날렸던 장후와 괴겁마령, 혈우마령, 신검, 철리패는 그저 뒤따르기만 하면 되었다.

하지만 그 과정이 쉽지는 않아, 천살마령은 홍화무장들의 공격을 막고 튕겨내기 위해 많은 기운을 소모해야 했는지, 반고인린갑은 계속 시체를 토해냈다.

그 부피만큼 반고인린갑은 계속 줄어들었고, 결국에는 일행 중 가장 덩치가 큰 철리패보다 머리 하나 큰 정도에 이르렀다.

어느새 나선의 계단의 끝이 보인다.

갑자기 천살마령이 속도를 줄이더니, 몸을 뒤로 돌렸다.

왜일까?

천살마령이 장후를 마주 보며 말했다.

"형님, 저는 여기서 좀 쉬렵니다. 좀 이따가 월야형님이 오시면 그때 같이 올라가겠습니다."

지금 천살마령을 휘감은 반고인린갑은 세 명의 사람의 가죽을 벗겨 엮은 듯한 형태를 하고 있었다.

그가 반고인립갑에서 뽑아낼 수 있는 선천지기는 이제 삼인 분 정도만 남았다는 뜻이었다.

더는 도움이 되지 못함을 알고, 스스로 빠지겠다는 거다.

월야마령처럼 말이다.

장후의 눈동자가 살짝 떨렸다.

스르르륵.

반고인립갑의 얼굴부위가 꿈틀거리며 밀려나가더니, 천살마령의 얼굴을 드러냈다.

이제 열두어 살 정도로 밖에 보이지 않았던 천살마령의 얼굴이 지금 주름으로 뒤덮여 있었다.

마치 소년이 성장하지 않고, 그대로 늙어버리는 듯만 했다.

반고인린갑의 부작용일 것이다.

"그나저나 걱정이네요. 우리 형님들, 나 없어도 잘 하시려나 몰라. 홍화신한테 맞고 있는 거 아니에요?"

장후가 말했다.

"걱정되면 빨리 올라 오거라."

"싫습니다. 형님들 당하는 거 멀리서 구경 좀 하면서 오렵니다."

괴겁마령이 말했다.

"나쁜 놈."

"모르셨습니까? 저 원래 나쁜 놈이지 않습니까."

그러며 천살마령은 환하게 웃었고, 스르르 천천히 낙하하기 시작했다.

장후를 스치며 내려가더니, 괴겁마령과 혈우마령마저 지난다.

"형님들! 그럼 이따가 뵙겠습니다. 하하하하하하핫!"

천마재생

그렇게 외치며 천살마령은 신검과 철리패마저도 지나쳐 아래로 내려갔다.

그러자 천살마령의 두 눈에 그들을 쫓아 날아들고 있던 홍화무장들이 보인다.

천살마령의 입가에 맺혔던 부드러운 미소가 사라지고, 두 눈에 살기가 어렸다.

위이이이이이이이잉!

천살마령이 착용한 반고인린갑 전체가 검게 물들었다.

그가 반고인린갑의 모든 기운을 뽑아내고 있다는 뜻이었다.

"너희 따위가 낄 판이 아니야!"

콰아아아아아아아아아앙!

굉음과 함께 첨탑 전체가 무너질 듯 흔들렸다.

동시에 먼지구름이 피어올라, 천살마령과 홍화무장들을 가려버렸다.

장후 일행은 돌아보지 않았다.

오직 위만을 노려보며 계속 날아만 갔다.

뒤로 남겨진 이들은 눈에 담는 것이 아니라 가슴에 품어야 함을 아니까.

드디어 천정이 보인다.

장후의 미간에 푸른 눈동자가 맺히더니, 바로 빛을 뿜었다.

콰아아아아아아앙!

굉음과 함께 천정을 뚫어버린다.

장후는 자신이 만들어낸 구멍 속으로 들어갔다.

그러자 높이 십여 장, 넓이 삼십여 장 쯤 되는 순백색의 공간이 그를 반겼다.

장후는 몸을 멈춰 세우고 바로 바닥에 안착했다.

뒤이어 괴겁마령과 혈우마령, 그리고 신검과 철리패가 장후의 뒤로 내려섰다.

장후의 시선이 공간의 중심부를 향한다.

그곳에는 화려한 의자 하나가 놓여 있는데, 그 위에 깡마른 청년이 팔을 괴고 앉아 장후를 마주 보고 있었다.

지푸라기 하나라도 제대로 들 수 있을까 싶을 정도로 유약해 보인다.

하지만 장후는 바로 알아볼 수 있었다.

"너군."

유약해 보이는 청년이 가볍게 고개를 끄덕였다.

"그래, 나다."

청년, 홍화신이 빙긋 웃었다.

"왜? 기대와 달라서 실망스러워? 내가 창피해?"

장후가 피식 웃었다. 그리고 바로 정색했다.

"웃어줬으니 됐지? 자, 그럼 해보자."

위이이이이이이잉.

천마재생

장후의 등 뒤로 푸른빛이 어리며 여섯 개의 팔을 형성했다.

파천육비절예!

동시에 장후의 미간에도 푸른빛이 어리더니, 눈동자를 이룬다.

수라마안!

수라천마 장후를 상징하는 두 가지 절대마공이 오랜만에 모습을 드러내고 있었다.

홍화신은 그런 장후가 마음에 들지 않는지 눈살을 찌푸렸다.

"뭐가 그리 급하지? 내가 이 날을 얼마나 오래 기다렸는데, 뭘 바로 시작하려고 하나. 좀 즐기자고."

장후가 피식 웃었다.

"내가 이 날을 얼마나 오래 기다렸는데, 뭘 질질 끌려고 그래. 좀 즐기자."

홍화신이 입을 다셨다.

"당했네."

장후가 고개를 저었다.

"아니지. 당하는 건 이제부터지."

스윽!

장후가 빛살이 되어 홍화신을 향해 날았다.

†

언어라는 건 완전하지 않다.

감정과 생각을 표현하고 타인에게 전달하기 위한 기술이다.

그렇기에 때로는 말이나 글은 마음을 전달하기에 턱없이 부족하다.

이 심정을 어찌 말로 할 수 있을까?

이 슬픔을 어찌 글로 적을 수 있을까?

월야마령과 천살마령이 스스로를 희생한 건 장후의 뜻이었다.

홍화신을 상대하려면 자신이 힘을 보전해야 한다고.

그러니 홍화신의 앞까지 너희가 나를 인도하여야 할 것이라고.

물론 장후는 말로 명한 적은 없었다.

하지만 월야마령과 천살마령은 이미 알고 있었다.

그렇기에 스스로 나선 것이다.

괴겁마령과 혈우마령도 알고 있었다.

그렇기에 말리지 않았던 것이다.

형제들은 나의 마음을 알고, 나 역시 그들의 마음을 아니, 그렇기에 말이라는 게 어찌 필요할까.

그런 형제들을 뒤로 남겨야 하는 나의 심정을, 뒤로 남은

천마재생

형제들의 심정을, 어찌 글 따위로 표현할 수 있을까.

그렇다면 이 심정을 무엇에 담을까?

주먹이다!

홍화신에 대한 분노이다!

모든 불행과 재난의 원흉인 저것을 지우고자 하는 의지이다!

콰콰콰콰콰콰쾅!

장후의 등에 매달린 여섯 개의 푸른 팔 중 하나가 내려와 오른 팔에 맺힌다.

장후는 그대로 오른 주먹을 뻗었다.

푸른빛의 유성이 홍화신을 향해 날아간다.

파천육비절예 중 하나인 파천유성비!

유성이 홍화신에게 도달하기 전에 장후의 등에 매달린 다섯 개의 푸른 팔 중 하나가 왼팔에 맺혔고, 장후는 바로 왼 주먹을 뻗었다.

푸른빛의 파도가 몰아친다.

파천육비절예 중 파천해일비였다.

홍화신은 파천유성비를 손바닥으로 튕겨냈고, 파천해일비는 몸으로 어깨로 받아내어 뚫어버렸다.

마치 날아온 종이뭉치를 쳐내고, 거미줄을 찢어낸다는 듯이 경쾌했다.

그러며 홍화신은 짜증어린 표정으로 말했다.

"이봐. 얘기 좀 하자고. 내가 너를 얼마나 보고 싶었는
지 알아? 네게 하고 싶었던 말이 얼마나 많은 줄 아냐고.
알려주고 싶은 것도 많아. 깜짝 놀랄 걸?"

그 사이 장후의 두 팔은 파천폭풍비와 파천벽력비를 뿜
었다.

홍화신이 표정을 굳히며 두 팔을 마주 뻗었다.

콰콰콰콰콰콰콰쾅!

폭풍은 흩어지고, 번개는 부서졌다.

그때 장후의 미간에 맺힌 수라마안이 푸른빛의 기둥을
뿜었다.

콰아아아아아아아아아!

홍화신은 몸을 틀었고, 빛의 기둥은 그를 스치며 지나쳤
다.

홍화신의 볼이 갈라지며 한 줄기 핏물이 흘러내린다.

그 순간 홍화신의 눈매가 칼날처럼 얇아졌다.

"자꾸 화나게 할래? 얘기 좀 하자니까."

여전히 장후는 대꾸치 않았다.

그저 홍화신과의 거리를 좁혀갈 뿐이었다.

위이이이이이이잉.

장후의 두 손이 하얗고, 검게 물든다.

파천혼비와 파천암비.

파천육비절예 중 후이식!

195

장후의 두 팔이 홍화신의 가슴을 향한다.

홍화신은 두 팔을 마주 뻗었다.

헌데 장후는 홍화신의 가슴 앞에서 두 팔에 깃든 힘을 교차시킨 후 물러섰다.

왜일까?

파천혼비와 파천암비는 그 어떤 파멸의 힘을 만들어내기 위한 재료이기도 하기 때문이었다.

홍화신이 두 눈을 크게 뜨며 속삭였다.

"설마?"

멀리 떨어진 장후가 빙긋 웃으며 고개를 끄덕였다.

"혼돈합비 파천황."

파천혼비와 파천암비가 남긴 힘이 뒤섞이며, 하나가 되어간다.

그리고 순식간에 하얀 빛의 띠를 두른 칠흑의 원구(圓球)의 형태를 이루었다.

파천황!

부활한 멸세천마 고극을 소멸시켰던 힘!

원영신을 이룬 신화경의 존재조차 파멸할 수 있는 유일한 힘!

홍화신의 눈이 찢어질 듯 커졌다.

스스스스스.

칠흑의 원구는 순식간에 늘어나, 홍화신의 몸을 휘감아

버렸다.

홍화신은 발버둥 치며, 원구 밖으로 빠져나오려 했다. 하지만 칠흑의 원구는 그의 몸에 달라붙은 듯이 떨어지지 않았다.

칠흑의 원구 속, 홍화신의 몸이 점차 흩어져가기 시작했다.

그제야 장후가 모든 일을 마쳤다는 듯 손을 툭툭 털며 입을 열었다.

"대화 좀 나누자고 했었지? 그래, 대화나 좀 하자. 죽을 때까지 말이야."

홍화신이 표독스러운 눈으로 장후를 노려보았다.

그는 칠흑의 원구, 파천황의 힘에 빨려들지 않기 위해 안간힘을 쓰고 있느라 아무 말도 할 수가 없었다.

그런 사정을 장후가 모를 리가 없었다.

홍화신이 갑자기 붉은 빛을 뿜었다. 그 순간 파천황과 그의 몸 사이에 틈이 생겼다. 기회를 잡았다는 듯 홍화신이 파천황 밖으로 몸을 날렸다.

아니, 몸을 날리려 했다.

마침 푸른빛의 유성이 날아오지 않았다면 그랬을 것이다.

콰아아앙!

파천유성비에 얻어맞은 홍화신은 파천황의 안에 파묻혀야만 했다.

홍화신이 빠드득 이를 갈며 장후를 노려보았다.

하지만 장후는 무슨 일이 있었냐는 듯이 담담한 얼굴로 홍화신을 마주보며 말했다.

"나와의 싸움을 재미난 놀이 정도로 여겼겠지?"

홍화신의 몸이 흐릿해졌다.

다시 파천황 밖으로 빠져나올 시도를 하는 듯했다.

그 순간 장후는 파천폭풍비를 날렸다.

날아온 푸른 빛살이 폭풍이 되어 흐려지던 홍화신의 몸을 휘감고 묶어버린다.

홍화신이 입을 찢어져라 벌리며 외쳤다.

"네 놈이 감히!"

장후는 여전히 담담한 표정으로 말했다.

"천종쟁패는 이따금 돌아오는 즐거운 여흥이라고 여겼겠지?"

홍화신이 빛살이 되었다.

그 순간 장후가 파천벽력비를 날렸다.

낙뢰에 찢고 갈라진 홍화신이 그대로 파천황 속에 묻혔다.

홍화신이 비명처럼 외쳤다.

"감히 나를 조롱하는 게냐!"

장후는 고개를 천천히 저었다.

"아니. 그저 죽이는 거야. 조롱같은 걸 해줄 정도로 여유롭지 않아서 말이야."

홍화신이 말했다.

"넌 나를 죽여서는 안 돼. 오히려 나와 손을 잡아야만 한다!"

장후가 피식 웃었다.

"너와 내가 손을 잡는다?"

홍화신이 크게 고개를 끄덕였다.

"그래! 넌 모른다! 내가 죽는다고 해서 끝이 아니야! 왜냐면……."

장후가 차갑게 말을 잘라냈다.

"알아."

"뭐?"

"다 알고 있어. 그러니 시끄럽게 굴지 말고, 그냥 죽어."

"아니. 너는 몰라! 우리는……."

장후가 짜증어린 얼굴로 말했다.

"안다니까."

홍화신이 하려던 말을 멈추고 입을 다물었다. 그리고 장후의 얼굴을 가만히 바라보았다.

장후가 다시 말했다.

"안다고."

홍화신이 한숨처럼 말했다.

"정말 아는 군."

장후가 고개를 끄덕였다.

"그래, 알아."

"그런데도 나를 죽인다? 이렇게? 어째서?"

"죽일 만하니까."

홍화신이 가만히 장후를 노려보았다. 그리고 잠시 후 무슨 생각이 들었는지 히쭉 웃었다.

"너를 기다렸다. 오랫동안 지켜보았지. 재밌더라. 굉장하더라. 나중에는 두렵기까지 하더군. 그래서 너라면 해낼 수 있을 거라는 기대가 생겼어."

장후가 말했다.

"알고 있어."

"좋아. 믿겠다."

파천황 속의 홍화신이 점점 흩어져갔다. 파천황에서 빠져나오기를 포기한 모양이었다.

어느새 홍화신은 상반신만이 남아버렸고, 그 마저도 얼마 버티지 못하고 사라질 듯했다.

홍화신이 유언처럼 말했다.

"너에게 하고 싶은 말이 많았다."

장후가 코웃음 쳤다.

"하고 싶은 말 다 하고 사는 사람은 없어."

홍화신이 고개를 들어 올리며 힘없이 속삭였다.

"그런가? 그래도 너무 아쉬워."

"살려달라고 빌어 보던가."

"싫어. 그다지 살고 싶지는 않아."

"그건 나와 맞는 군."

"그래?"

홍화신이 장후를 바라보더니, 뭔가 알겠다는 듯이 눈웃음을 쳤다.

"그래, 그렇군. 너도 그랬어. 우리 일찍 만날걸 그랬어. 제법 잘 맞았을 거야."

장후가 단호히 고개를 저었다.

"그럴 리 없어."

"그런가? 아닐 것 같은데? 얘기 좀 해보면 알 것 같은데. 아쉽군. 정말 아쉬워."

파천황은 어느새 홍화신의 머리만을 남겨두고 모조리 삼켜버렸고, 머리마저도 점점 흩어져갔다.

홍화신이 유언이라는 듯 말했다.

"네가 끝내라."

장후가 무겁게 고개를 끄덕였다.

홍화신은 만족했다는 듯 환한 미소를 지었고, 미소를 띠운 그대로 흩어져 버렸다.

그렇게 홍화신은 사라졌다.

홍화신이 사라진 것이다.

장후의 뒤편에서 경계하며 끼어들 틈을 찾고 있던 신검과 철리패, 괴겁마령과 혈우마령이 몸을 세우고 다가왔다.

"허무하군요."

괴겁마령의 말에 혈우마령이 동감이라는 듯 어색한 표정으로 고개를 끄덕였다.

신검이 물었다.

"설마 다 끝난 거요?"

철리패가 고개를 저었다.

"아니. 자잘한 뒤처리가 좀 남은 것 같군."

철리패의 시선이 향하는 곳으로 모두가 돌아보았다.

홍화무장들이 들어서고 있었다.

하나같이 쉽게 상대할 수 없는 고수들.

그들과의 싸움은 자잘한 뒤처리라 불릴 정도로 가볍지는 않을 것이다.

그 순간 장후가 파천황을 향해 손을 뻗었다.

움켜쥐는 듯하더니 높이 들어올린다.

장후가 말했다.

"이제부터가 진짜 시작이야."

그러더니 장후는 파천황을 거칠게 던졌다.

홍화무장은 피하려 몸을 낮췄지만, 파천황은 그들을 향하지 않았다.

아무것도 없는 하늘을 향해 솟구쳐 오르고 있었다.

휘이이이이이이이이이잉!

파천황에 닿는 것은 무엇이든 빨려 들어 사라졌고, 덕분에 탑의 천정은 사라지고, 하늘이 모습을 드러냈다.

파천황은 계속 위로 솟구쳤다.

그때였다.

파천황이 향하는 방향 저 멀리에서 하나의 점이 모습을 드러냈다.

점은 점차 커지더니, 거대한 손의 형태를 이루었다.

콰아아아아앙!

거대한 손은 파천황을 움켜쥐었고, 점점 아귀를 좁혔다.

모든 것을 빨아들여 소멸시키는 힘, 파천황이 우그러지기 시작했다.

거대한 손은 더욱 아귀를 좁혔고, 결국 파천황의 표면에 균열이 일어났다.

균열 사이로 어둠이 뻗어 나온다!

콰아아아아아아아아아아!

어둠은 순식간에 하늘을 검게 물들였다.

대체 무슨 일이 벌어지고 있는 걸까?

검게 물든 하늘에 구멍을 내며 뭔가가 튀어 나온다.

파천황을 부숴버린 그 거대한 손이었다.

거대한 손은 이번에는 장후들이 서 있는 탑을 부숴버리려고 하는 듯이 계속 아래로 내려왔다.

하지만 내려오며 힘을 잃었는지 손은 점점 줄어들었고, 희미해져 갔다.

그리고 장후가 서 있는 탑에 이르렀을 때는 사람의 형태로 변하였다.

신비롭고도 아름다우며 무서운 광경이었다.

마치 하늘에서 굽어보고 있던 초월적인 존재가 단죄를 하기 위해 내려온 듯만 하지 않는가.

내려선 사람은 천천히 장후를 향해 다가왔다.

"천종서열 이위, 수라천마 장후."

사내가 하는 말에 장후는 고개를 저었다.

"그건 네 생각이고."

"천종서열 일위, 시천마."

"그건 네 생각이라니까."

사내가 고개를 끄덕였다.

"그래. 인정하지. 내가 잘못 판단했어. 네가 일위였다."

장후가 피식 웃었다.

"그럼 너는 몇 위이지?"

사내가 환한 미소를 지었다.

"없어. 내가 내 서열을 어찌 정할까."

장후가 말했다.

"그럼 내가 정해주지. 시천마의 원본 홍화신, 당신의 서열은 이위로 하지."

204 14

그 순간 괴겁마령과 혈우마령, 철리패와 신검의 눈이 커졌다.

홍화신?

바로 이 자가?

그럼 조금 전 파천황에 의해 죽은 자는 대체 누군가?

홍화신이 고개를 절레절레 저었다.

"이봐. 내 복제인형을 없앴다고 나까지 만만해 보이나 본데, 실수하는 거야."

장후가 눈을 얇게 좁히며 말했다.

"네가 왜 이 위인지는 이제부터 알려주지. 누구라도 알아듣기 쉽도록 확실하게."

홍화신이 미소를 지우고 장후를 가만히 노려보았다.

"좋아, 아주 좋아. 이 정도는 되어야지. 그래, 나를 이 위로 정하겠다? 그럼 하나만 더 묻지. 저 녀석은 몇 위로 정할 건가?"

쉬이익!

갑자기 하늘에서 푸른 빛살이 내려와 홍화신의 등 뒤로 꽂혔다.

콰아아아아아아앙!

굉음과 함께 바람이 몰아쳤고, 탑은 부서질 듯 흔들렸다.

하지만 그보다는 이제 막 나타난 자에게서 느껴지는 위압감이 자리에 있는 이들의 마음을 더욱 흔들었다.

홍화신의 등 뒤에 내려선 이가 천천히 몸을 일으킨다.

그의 얼굴이 보는 순간, 모두의 눈이 크게 벌어졌다.

눈으로 보고도 믿을 수가 없었다.

이럴 수는 없는 거다.

홍화신은 그들의 표정이 마음에 든다는 지 환한 미소를 지으며 말했다.

"소개하지. 수라천마 장후. 내가 내 분신 시천마보다 아끼는 수족이라네."

그의 말마따나 홍화신의 등 뒤에 선 사내는 장후와 똑같았다.

지금 이 순간 등 뒤에 맺히는 여섯 개의 푸른 팔과 미간에서 모습을 드러낸 푸른 눈동자까지도……

第百三十八章.

마지막 전쟁을 치르자

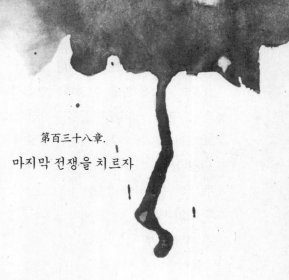

第百三十八章.

마지막 전쟁을 치르자

수라천마 장후.

고금제일마인.

인간의 형태를 한 재앙.

고금최강이며 최악이라 불리던 세력 집마맹을 홀로 일어나 무너트린 절대마종.

그는 승리의 상징이다.

아니, 절망의 또 다른 이름일 것이다.

지는 적이 없었고, 실패하는 적이 없었다.

그렇기에 그를 따르는 이들에게는 예언자와 같았고, 그의 적에게는 절망이었다.

그런 수라천마 장후가 이 곳에 있다.

그것도 무려 둘씩이나.

홍화신의 등 뒤에 나타난 수라천마 장후는 천천히 발을 내딛어, 홍화신의 앞으로 나섰다.

그리고 자신을 믿을 수 없다는 눈으로 바라보는 괴겁마령과 혈우마령, 철리패와 신검을 찬찬히 쓸어보았다.

그의 시선은 계속 움직이더니 중심에 서 있는 장후에게서 멈췄다.

두 명의 수라천마 장후.

두 개의 재앙.

두 개의 절망.

그들이 서로를 마주보고 있다.

홍화신의 앞에 서 있는 수라천마 장후가 말했다.

"왜 그래? 나답지 않은데? 나라면 분명 어느 정도 눈치는 챘을 텐데. 아닌가?"

그러자 괴겁마령들을 등지고 선 수라천마 장후가 고개를 살짝 끄덕였다.

"뭐, 이럴 수도 있을 거라고 짐작은 했지."

홍화신의 앞에 서 있는 수라천마 장후가 빙긋 웃었다.

"역시 나다워."

그러더니 홍화신 쪽으로 고개를 돌리며 자랑하듯 말했다.

"뭐랬습니까? 제 말대로지요?"

홍화신은 졌다는 듯 어깨를 으쓱했다.

"그래, 이번에는 네가 이겼다."

"언제는 졌습니까?"

"잘난 체 좀 그만 해라."

"잘난 체가 아니라, 사실이 그렇지 않습니까. 하하하핫."

마령들을 등지고 선 수라천마 장후가 그들의 모습을 보더니 피식 웃었다.

"넌 나답지 않군."

홍화신 곁의 수라천마 장후의 고개가 다시 그에게로 돌아왔다.

"내가 나답지 않다? 왜지?"

"나라면 어떤 상황에 쳐한대도 누군가가 키우는 개처럼 굴지는 않을 테니까."

홍화신 곁의 수라천마가 어깨를 으쓱했다.

"실망했다면 미안하군. 하지만 어쩌겠어? 필요할 때는 해야지."

"그래. 필요할 때는 해야겠지."

그러며 괴겁마령을 등진 수라천마 장후가 팔짱을 끼더니, 뭔가 알겠다는 듯한 표정을 지었다.

"역시 그렇군. 딱 그 무렵의 나야."

"그 무렵이 언제인데?"

"집마맹을 무너트리기 직전. 세상에 모르는 게 없었고, 세상에 못할 게 없었던 그 시절. 그래서 다 알고 다 했던 그 당시의 나. 그때와 똑같아."

듣던 수라천마의 복제인형이 고개를 돌렸다.

홍화신을 향한 그의 시선은 저 말이 맞냐고 묻는 듯하다.

홍화신이 가볍게 고개를 끄덕였다.

"맞아. 딱 그때 추출했지."

그러자 수라천마의 복제인형이 즐겁다는 듯 환한 미소를 그렸다.

"하하하하핫. 너무 나답지 않습니까?"

홍화신이 그의 태도가 마음에 들지 않는다는 듯 코웃음 쳤다.

"너의 원본이니까. 네가 저 녀석 다운 거지."

그러자 수라천마의 복제인형이 단호하게 고개를 저었다.

"아니지요. 이기는 게 원본이지요. 당신처럼 요."

그 순간 수라천마 장후의 눈이 살짝 빛을 발했다.

홍화신이 수라천마의 복제인형을 지나쳐 몇 걸음 앞으로 나섰다.

"너무 담담하니까 막 짜증이 나는구나. 좀 알아도 모른 척 해주고 그러면 좋지 않나. 준비한 성의도 생각해 줘야지."

수라천마 장후가 어깨를 으쓱했다.

"뭐, 짐작 정도는 하고 있었으니까."

홍화신이 눈을 얇게 좁혔다.

"짐작은 했다는 건 대비도 했다는 건가?"

"아니. 내가 나를 어떻게 대비하겠어?"

"좋아. 그 말 믿는 척 해주지."

"믿어도 돼. 알다시피 난 거짓말을 하지 않아."

그러자 홍화신이 자신의 뒤편에 서 있는 수라천마의 복제인형 쪽으로 고개를 돌렸다.

수라천마의 복제인형은 민망하다는 듯 그의 시선을 피하며 볼을 긁었다.

"뭐, 그건 좀 다르네."

홍화신이 턱 끝으로 수라천마의 복제인형을 가리키며 말했다.

"미안하네. 불량품이야."

그 순간 수라천마의 복제인형이 투덜거렸다.

"그렇다고 뭘 불량품까지야. 좀 다를 수도 있지요."

장후가 그들의 모습을 보며 빙긋 웃었다.

"사이좋네."

홍화신이 고개를 끄덕였다.

"좋지. 내 복제보다 아낀다고 했지 않나."

"불량품 맞네. 저게 나라면, 당신과 사이좋게 지낼 리가 없잖아."

213

수라천마의 복제인형이 끼어들었다.

"아니지. 정확히 말하면 네가 불량품이라고 해야겠지."

그러며 의미심장한 미소를 짓는다.

그 순간 장후가 갑자기 자신의 가슴 부위에 손을 가져다 댔다.

"이것 때문에?"

위이이이이이이잉.

심장부위가 푸른빛으로 물들었고, 어느 순간 자그마한 수정조각 하나가 튀어 나왔다.

시마백린상의 파편!

장후가 수라마보라고 언급했던 바로 그 것이었다.

장후는 그것을 움켜쥐더니, 홍화신을 향해 가볍게 던졌다.

"잘 썼어."

홍화신은 가볍게 받아들며 쓴웃음을 지었다.

"알고 있었군."

그의 곁에 선 수라천마의 복제인형이 놀랍다는 듯 혀를 내둘렀다.

"모르는 게 없네요. 정말 저답습니다."

홍화신이 수라마보를 움켜쥐며 말했다.

"그래. 내 것이다. 네가 익힌 아수라파천마공 역시 내가 만든 것이지. 어땠나? 제법 쓸 만했지?"

장후가 가볍게 고개를 끄덕였다.

"나쁘지 않았어."

홍화신이 고개를 내려 자신의 손에 들린 수라마보를 바라보았다.

"이것을 만들 때 바란 건 단 하나였지. 난 죽고 싶었어. 정말 너무나 죽고 싶었어. 외로웠지. 세상 모든 곳을 뒤졌지만 나 같은 건 없었어. 세상 모든 곳을 뒤졌지만 왜 나 같은 것이 태어난 건지도 알아낼 수가 없었어. 그 오랜 세월동안 난 언제나 혼자여야만 했지. 사람처럼 살고자 한 적도 있었어. 그랬지. 그때의 난 영웅이라 불렸지. 성자라던가 구세주라고 불렸던 적도 있어. 하지만 결국 마지막에 와서는 모두가 나를 괴물이라고 하더군. 난 사람이 아님을 알았을 뿐이야. 난 결국 모든 걸 놓았지. 죽고자 했어. 그런데 나라는 괴물은 죽을 수가 없다는 게 문제였지. 죽기 위해서는 사람이 되고자 했던 만큼의 노력과 정성이 필요했어. 웃기지 않나? 하하하핫. 하여간 그 노력과 정성을 기울여 이것을 만들었지."

그러며 수라마보를 부드럽게 쓰다듬었다.

"나를 모독할 자를 만들자. 나를 부수고 조각내고 없앨 수 있는 자를 만들자. 나라는 괴물이 더는 존재할 수 없도록 할 무기를 만들자. 그런데 또 우습게도 나라는 괴물을 없애려면 나 같은 괴물을 만들어야만 가능하더군. 모순이지 않은가? 그래서 만들다 말고 버렸네. 그런데 이걸 네가 주웠지."

홍화신이 수라마보에서 눈을 떼고 장후에게로 옮겼다.

"묻고 싶구나. 넌 나와 같아졌느냐?"

장후가 고개를 저었다.

"아니. 난 너와는 달라."

홍화신이 눈 꼬리를 내려 눈웃음을 쳤다.

"아니. 같아. 넌 그때의 나로구나. 내가 사람이고자 했을 때. 사람의 탈을 쓰고자 했을 때. 하지만 사람이 아님을 인정하고 말았을 때. 그래서 무덤을 찾아 헤매고 다녔을 때. 그렇지?"

장후는 대꾸치 않았다.

하지만 홍화신은 대답을 들었다는 듯 비웃음을 머금었다.

"알려주지. 넌 틀렸다. 넌 선택하지 않아도 된다. 그저 결정하면 되는 것이다. 사람이라는 쓰레기 속에 파묻혀 허덕이지 말아라. 쓰레기는 치우면 되는 게다. 세상을 가지고 놀다 버리면 되는 게야. 심심해지면 다시 세상을 만들면 되고. 그게 내가 태어난 이유이다. 그리고 네가 만들어진 이유인 게야."

장후가 가만히 홍화신을 바라보다가 알겠다는 듯 고개를 살짝 끄덕였다.

"그렇군. 내가 계속 살면 너처럼 되는 거군."

홍화신이 고개를 끄덕였다.

"그래. 나처럼 되는 게야. 아니, 바로 내가 되는 거야! 내가 바로 너의 미래이다!"

장후가 말했다.

"그렇군. 나에겐 역시 미래 따위는 없던 거군."

홍화신이 쓸쓸한 표정을 지으며 수라마보를 불끈 쥐었다.

쩌적.

수라마보의 표면에 실금이 생기더니, 빛의 가루가 되어 흩어졌다.

홍화신은 손을 툭툭 털며 말했다.

"자, 그럼 축제나 즐기자."

그들이 대화를 나누는 사이 도착한 홍화무장들은 장후를 포함한 괴겁마령과 혈우마령, 철리패와 신검을 가운데 두고 둥글게 원진을 구성한 채 서 있었다.

그 수가 무려 쉰셋이나 되었다.

한명 한명이 쉽게 상대할 수 없는 고수들이었다.

홍화무장 중에서도 최상위 서열이기 때문인 듯했다.

특히 그들 중 넷은 괴겁마령들이 자신과 비교해도 종이 한 장 차이라고 여겨질 정도의 강대함을 품고 있었다.

열세였다.

아니, 열세라는 표현조차 부족하다.

그럼에도 괴겁마령과 혈우마령은 즐겁다는 듯이 미소를 지었고, 신검과 철리패는 당장에 튀어나갈 듯한 자세를 취했다.

단 네 명이지만, 쉰 세 명의 홍화무장을 상대할 자신이 있다는 듯했다.

장후가 그들을 돌아보며 말했다.

"홍화신은 강해. 하기에 난 너희를 도울 수 없다."

괴겁마령은 알았다는 듯 고개를 끄덕였다.

장후가 말했다.

"그리고 저 기분 나쁜 나의 복제인형도 너희가 맡아야 할 것이다."

신검이 기다렸다는 듯 말했다.

"언제나 당신을 죽이고 싶었소."

철리패가 하나 뿐인 주먹을 굳게 쥐며 환하게 웃었다.

"하늘이 야속하지만은 않아, 이렇게 소원을 들어주는 구려."

장후가 피식 웃었다.

"홍화신에게 감사해라."

혈우마령이 홍화신을 향해 크게 외쳤다.

"고맙소!"

모두가 혈우마령을 향해 시선을 모았다.

혈우마령이 민망하다는 듯 어깨를 으쓱했다.

"저라고 큰 형님이 마냥 좋기만 했겠습니까."

장후가 피식 웃었다.

"좋군. 하지만 약간 미덥지 못하군. 하여 너희에게 응원군을 주지."

그의 말이 마치는 동시에 바닥이 갈라지며 뭔가가 솟구쳤다.

새하얀 날개를 나부끼며 날아든다.

"역시 알고 계셨습니까? 허허허허허허허헛."

새하얀 날개를 매단 사내가 공중을 크게 회선한 후, 장후 일행의 옆에 내렸다.

위수한!

협왕 위수한은 씩 웃으며 장후를 마주 보았다.

"이렇게 기다리시던 응원군이 도착했습니다."

그의 손에 한 사람이 들려 있다.

십대 후반쯤으로 보이는 소년, 월야마령이었다.

월야마령이 매섭게 위수한을 노려보자, 그제야 위수한은 그의 붙잡은 팔을 풀었다.

월야마령은 내려서서 어색한 표정으로 말했다.

"어쩌다 보니 이렇게 되었습니다."

장후는 흐뭇한 미소를 지으며 살짝 고개를 끄덕였다.

"그래. 오래 기다리지 않아서 좋구나."

천마재생

그런 후 장후는 표정을 싸늘하게 고치며 위수한에게로 시선을 돌렸다.

위수한은 씩 웃으며 말했다.

"월하결랑 흉내를 내느라 얼마나 고생한 줄 아십니까? 눈치챘으면 눈치챘다고 말씀이나 하시지, 뭘 그렇게 모른 체 하셨습니까? 나 고생 좀 더 하라고? 맞지요?"

장후가 살짝 고개를 돌렸다.

"몰랐다."

"정말로요?"

장후는 화를 참을 수 없는지 미간에 푸른 빛이 감돌았다.

"넌 이곳에 와서는 안 되었다."

위수한이 빙긋 웃었다.

"제가 어디로 가든 그건 제가 정합니다. 선배께서 정할 게 아니지요."

장후는 잠시 더 위수한을 노려보다가 짧은 한숨을 쉬었다.

"넌 이곳에 와서는 안 되었어."

위수한은 헤헤 웃으며 말했다.

"자, 이왕 벌어진 건 그만 말씀하시고. 그럼 기다리던 응원군이 제가 아니라는 말씀이신데, 누굽니까?"

장후가 갑자기 두 팔을 털었다.

그 순간 그의 소매 안에서 뭔가가 툭, 툭, 하고 떨어졌다.

자그마한 고양이 한 마리와 그보다 작은 수달 같은 짐승이었다.

그 순간 모두의 얼굴이 환해졌다.

괴겁마령이 침을 꿀꺽 삼킨 후 모두의 심정을 대표하여 말했다.

"엄청난 응원군이군요."

장후가 고개를 내저었다.

"아니. 이 녀석들은 응원군이 아니야."

그때였다.

"잠시만 비켜주시지요."

홍화무장의 대열 뒤편 누군가의 목소리가 흘러나온다.

차분하고 담담한 목소리였다.

하지만 홍화무장은 깜짝 놀랐다는 듯 양측으로 갈라섰다.

그들이 갈라져 만들어낸 틈으로 한 사내의 모습이 보였다.

사내는 무쇠로 만든 가면으로 착용하여 얼굴의 반이 가려져 있었다. 때문에 용모를 알 수가 없었다.

키는 크지도 그렇다고 작지도 않았다.

하지만 그를 바라본 순간 모두가 거인이 나타난 듯한 착각을 했다.

어째서일까?

사내에게서 느껴지는 기운은 볼품없었다.

고작 일류 수준의 내력만이 느껴졌다.

일부러 숨긴 걸까?

아니다.

사내는 숨기지 않았다.

조금도 숨길 것이 없다는 듯 당당했다.

철가면의 사내의 왼쪽 어깨에는 이제 열두어 살 쯤 되어 보이는 소년이 걸려 있었다.

천살마령이었다.

철가면의 사내는 홍화무장들 사이로 걸음을 옮겼다.

홍화무장들은 그런 철가면 사내를 용납할 수 없는지 무기를 치켜 들었다.

하지만 달려드는 사람은 없었다.

철가면 사내가 그들의 사이를 빠져 나가는 동안 그저 부들부들 떨며 노려만 볼 뿐이었다.

철가면 사내는 당연하다는 듯 그들의 사이를 지나쳐 장후의 앞까지 다가와 멈췄다.

그리고 천살마령을 내려놓은 후 장후를 마주보았다.

그를 가만히 지켜보고만 있던 장후가 그제야 입을 열었다.

"올 줄 몰랐다."

"정말 몰랐습니까?"

"몰랐다. 올 것이라 믿고 싶었을 뿐이야."

"금방 갈 겁니다. 이 전쟁만 치르고요."

"그래. 그런가?"

"못 견디겠더군요, 제가 없는 전쟁을."

그의 말에 장후가 소리 없이 웃었다.

철가면 사내가 상체를 숙이더니, 새하얀 고양이를 향해 포권을 취했다.

"오랜 만입니다, 호공."

백묘는 기쁘다는 듯 팔짝 뛰어 올라, 철가면 사내의 어깨에 올라탔다.

철가면 사내는 바로 상체를 펴더니 홍화신의 옆에 서 있는 수라천마의 복제인형 쪽으로 고개를 돌렸다.

"저건 제가 맡지요."

그 순간 신검과 철리패, 괴겁마령과 혈우마령이 눈과 몸을 꿈틀거렸다.

하지만 장후는 그들의 불만을 못 본 척하며 철가면 사내를 향해 말했다.

"당년의 나에 못지않다. 아니, 지금의 나와 비교해도 그리 떨어지지 않아."

철가면 사내가 검을 뽑으며 말했다.

"한 번 이겼던 상대에게 지지는 않습니다."

천마재생

그 순간 장후가 눈매를 꿈틀거렸다.

철가면 사내가 말했다.

"더 올 사람이 없으면, 시작하는 게 어떻겠습니까?"

그를 노려보던 장후가 짧은 한숨과 함께 고개를 끄덕였다.

"좋아."

장후는 몸을 돌려 홍화신을 마주 대하며 크게 외쳤다.

"마지막 전쟁을 치르자!"

†

천종쟁패에 참가하기 위해 개화암시로 들어선 이들의 목적은 다 다르다.

누군가는 천종쟁패의 승자가 되어 이 땅의 새로운 신으로 등극하기 위해.

다른 누군가는 자신이 저주하는 이가 천종쟁패의 승자가 되는 것을 저지하기 위해.

또 다른 누군가는 천종쟁패 그 자체가 실패하도록 하기 위하여.

하지만 모두에게 한 가지 공통점은 있다.

목적을 이루기 위한 수단으로써 자신의 목숨을 걸었다는 것이다.

그만큼 간절하다는 것이다.

하기야 오직 한 명의 승자만을 남길 때까지 계속된다는 천종쟁패의 특성상 간절함은 그들의 각오가 아닌, 참가요건인지도 모르겠다.

하지만 천종쟁패에 참가하기 위해 들어선 이들 중 목숨을 건다는 게 무슨 의미인지 아는 사람이 몇이나 될까?

삶과 죽음의 경계선 위를 걸어본 자만이 알 수 있다.

그게 얼마나 치열하고 무서운 의미를 담고 있는지를.

주가희는 오만하지 않지만, 그 의미를 아는 소수에 속한다고 여겼다.

하지만 아니었다.

이제야 알겠다.

'난 모르고 있었어.'

그녀와 역모의 무리는 개화암시의 입구이자 철창인 검은 벽을 나온 후, 계속 장후와 그의 일행의 흔적만을 쫓아야 했다.

그들이 그녀와 역모의 무리를 버리고 사라져 버렸기 때문이었다.

주가희와 역모의 무리는 상실감과 배신감을 느꼈다.

물론 장후 일행이 그녀와 역모의 무리를 이끌고 다닐 이유는 없었다.

천마재생

장후 일행과는 그저 홍화신와 이 나라의 체제를 무너트리겠다는 목표점만 같을 뿐이지, 동료라고 할 수는 없으니까.

그럼에도 주가희와 역모의 무리는 장후가 계속 자신들을 이끌어줄 것이라고 믿었다.

몰랐는데, 그런 믿음을 가지고 있었던 모양이었다.

장후가 자신의 일행만을 데리고 사라져 버렸을 때에야 주가희와 역모의 무리는 자신들이 그랬었다는 것을 깨달았다.

끈이 떨어진 연과 같은 기분이라 할까?

아니면 칠흑 같은 밤을 비추어주던 자그마한 호롱불이 갑자기 꺼져버린 듯하다고 해야 할까?

막막한 심정이었다.

하지만 주가희와 역모의 무리는 좌절하기보다는 바로 장후의 흔적을 쫓아 이동했다.

장후와 그의 일행은 분명 홍화신을 찾아가고 있을 테고, 그러니 이 넓은 개화암시에서 홍화신을 찾는 가장 빠른 방법은 장후일행을 쫓아가는 것이라고 판단했기 때문이었다.

장후의 흔적을 쫓는 건 너무도 쉬웠다.

시체를 쫓아가기만 하면 되었으니까.

그렇게 그들은 계속 나아갔고, 비로소 이렇게 홍화신이 있는 거대한 첨탑이 바라보이는 곳까지 이를 수 있었다.

그리고 지금 목격할 수 있었다.

"지옥……, 이야."

지옥.

그렇게 말할 수밖에 없었다.

보라.

첨탑이 쏟아내는 수백 개의 빛을.

그 빛은 개개가 다 색이 다르기에 아름답기 그지없었다.

축제라도 벌어지는 듯하다.

하지만 그 빛이 닿는 자리마다 벌어지는 광경은 추악하고 참혹했다.

모든 게 부서지고 있다.

모든 게 무너지고 있다.

모든 게 사라지고 있다.

모든 게 죽어가고 있다.

저 현란한 빛살 속에 무너지는 도시는 수만 명은 될 듯했다.

도시 속에서 죽어가는 사람들의 복색을 보니, 모두가 제후국의 정예임을 알아볼 수는 있었다.

저들은 홍화국 백성의 삶을 지옥으로 만들며 그 위에 군림해왔었다.

그러니 저런 지옥 속에서 죽어가는 건 인과응보일 것이다.

227

천
마
재
생

그럴까?

주가희는 고개를 살짝 저었다.

'아니야.'

사람은, 사람이라는 존재는 저렇게 죽어서는 안 되는 거다.

"이곳은 천당이군요."

주가희는 목소리의 주인을 찾아 고개를 휙 돌렸다.

그곳에 노인 한 명이 서 있었다.

홍화국 제일의 역적이라고까지 불리는 기인 추몽노사였다.

이 나라에 반기를 든 인물 중에서 홍화무장과 맞서 싸울 수 있다는 유일한 사람.

추몽노사는 강하기 때문일까?

그렇기에 그의 눈에는 저 참혹하기만한 광경이 천당처럼 보이는 걸까?

주가희의 눈길에서 원망이라는 감정을 읽었는지, 추몽노사는 머쓱한 얼굴로 말했다.

"허허. 제가 말실수를 한 모양입니다."

"알아듣기 어려워 여쭙겠습니다. 어째서 천당입니까?"

주가희의 날선 말에 추몽노사는 가만히 그녀를 마주 보다가, 잠시 후 입을 열었다.

"언젠가 바다에 나간 적이 있습니다. 하도 되는 일이 없으니, 아무 것도 못하겠더군요. 그러니 심심해지고, 그래서 바닷물에 몸이나 던져 죽어볼까 했지요."

주가희는 저도 모르게 꿈틀했다.

그녀 역시 딱 그런 생각을 했던 적이 있으니까.

그때 주가희는 장후를 만났다.

바다 저편에서 온 기적같은 자.

그렇다면 추몽노사는 무엇을 만났기에 다시 살겠다는 힘을 얻었을까?

"그 곳에 커다란 배를 얻어 탔지요. 이왕이면 먼 바다로 가서 몸을 던져야겠다 싶었지요. 그런데 그 배의 선원이 그러더이다. 이 배는 천당으로 가는 배라고요. 그래서 왜냐 물으니 보면 알 거랍니다. 그냥 타고 갔지요. 며칠이 지났을까요? 구름 한 점 없는 바다에 멈추더군요. 그래서 여기가 천당이냐 물으니, 선원이 그러더이다. 이 바다 밑이 바로 천당이라고요. 어째서냐 물으니까, 이곳에는 딱 이 시기, 며칠 동안에 온갖 물고기를 모두 잡을 수 있답니다. 그 커다란 배를 모두 채울 수 있을 정도로 많이 잡힌다는 군요. 어째서냐 물으니까, 작은 물고기들이 모여든다고 하더군요. 그 작은 물고기를 먹으러 큰 물고기가 모이고, 또 그 큰 물고기를 먹으러 더 큰 놈들이 모여든다는 군요. 그리고 그 더 큰 놈들은 작고 거친 놈들이 몰려들어

물어 뜯어댄다더군요. 허허허. 그래서 저는 물었지요. 그렇다면 이곳은 천당이 아니라 지옥이 아니겠느냐, 라고요. 그러자 선원이 웃더군요. 아니지요. 천당이지요. 놈들도 저희처럼 이곳이 천당이니까 모여드는 게 아니겠습니까?"

주가희가 물었다.

"그래서요?"

"그때 알았죠. 아, 천당은 그런 곳이구나 라고 말입니다. 모든 이들이 하늘에 소원을 빕니다. 신이라는 존재가 있어 그 모든 이들의 소원을 들어준다면, 어찌 될까요? 세상은 행복할까요? 아니겠지요. 저리 될 겁니다."

주가희는 그제야 알겠다는 듯 고개를 끄덕였다.

"그렇군요. 어르신 말씀대로라면 천당과 지옥은 다르지 않겠네요."

추몽노사가 씁쓸히 웃었다.

"제 생각에는 그렇다는 겁니다."

주가희가 첨탑의 뿜어내는 빛살에 죽어가는 제후국의 병사를 돌아보며 말했다.

"그렇다면 우리는 무엇을 위해 이곳에 온 걸까요?"

"저는 언제나 그렇듯 꿈을 좇아서 왔지요."

주가희가 쓸쓸한 미소를 그렸다.

추몽노사.

그 뜻을 풀이하면 '꿈을 좇는 늙은 스승'이라 할 수 있었다.

지금 이 순간 그의 농담이 왜 이리 아플까?

그런데 추몽노사의 표정은 진지하기만 했다.

"그 날, 저는 기묘한 광경을 보았습니다. 어지간한 섬만 한 크기의 검은 물고기 몇 마리가 나타났지요. 고래라고 불리는 물고기라는데, 선원이 말하기를 그 중에서도 유독 큰 놈들이라더군요. 선원도 저렇게 큰 고래는 처음이라고 하더군요. 그런데 그 놈 요상한 짓을 하더이다. 자그마한 물고기 떼를 지켜주는 겁니다. 어째서 그런 걸까? 아무도 모르더군요. 그 때문에 제가 타고 간 배는 원하는 만큼 물고기를 잡을 수가 없었습니다. 물속에 있던 놈들도 마찬가지였겠지요. 그 천당이라 불리던 바다는 몇 마리 고래의 알 수 없는 행동으로 그 날만은 조용했답니다. 아주 평화로웠지요. 하지만 고래는 다음 날이 되자 사라졌고, 결국 제가 타고 간 배는 원하는 만큼 물고기를 잡아서 돌아올 수 있었답니다."

"그런데요?"

"고래가 머물렀던 그 하루. 저는 그 하루를 잊지 못하겠습니다. 마치 꿈만 같았지요. 그 넓은 바다에 크고 작은 물고기가 섞여 있는 광경은……, 억지스럽지만 너무도 아름다웠습니다."

천마
재생

주가희는 속삭였다.

"고래. 고래라……."

그러며 추몽노사의 몽롱한 눈을 바라보았다.

그의 눈은 지금 그 날의 바다를 보고 있는 듯했다.

주가희는 다시 빛에 의해 죽어가는 제후국의 정예들을 향해 고개를 돌렸다.

평화 따위는 없다는 건가?

본래 그녀가 꿈꾸던 세상은 오지 않는다는 뜻인가?

'알아.'

주가희도 알고 있었다.

전쟁의 끝에 평화가 깃든다고 믿을 정도로 어수룩하지는 않았다.

홍화신과 제후들을 무너트리면 또 다른 홍화신과 제후들이 나타나겠지.

그래, 그럴 것이다.

평화는 잠시 뿐일 것이다.

그래도 그 잠시 뿐인 평화를 보고 싶었다.

만끽하고 싶었다.

추몽노사가 보았던 고래가 만들어낸 하루처럼…….

주가희는 속삭이듯 말했다.

"그 고래, 저도 보고 싶군요."

그 순간 추몽노사가 말했다.

"아마도 보시게 될 겁니다, 이제."

"네?"

그때였다.

갑자기 첨탑이 기괴한 소리를 내기 시작했다.

우르르르르르르르릉.

첨탑이 뿜어내던 현란한 빛이 사라진다.

대신 표면이 쩍쩍 갈라지며, 이리저리 흔들렸다.

마치 하늘을 향해 선 뱀이 괴롭다며 몸부림치는 듯했다.

콰아아아아아아아앙!

첨탑이 사방으로 터져나간다.

첨탑의 파편은 유성처럼 사방으로 퍼져나갔다.

덕분에 주가희와 역모의 무리들이 서 있는 곳까지 여파가 있어 모두가 몸을 낮췄다.

피어로는 흙먼지를 가르며 수십여 개의 빛이 쏟아진다.

첨탑 안에 있던 홍화무장들이었다.

그러자 무너져가던 도시 곳곳에서 맞이하듯이 수십여 개의 빛살이 솟구쳐 올랐다.

제후국의 정예병들 사이에 있던 염황을 따르는 홍화무장들이었다.

하지만 첨탑에서 빠져나온 홍화무장들은 염황의 홍화무장들을 상대하지 않고 다시 첨탑 있던 방향으로 틀어 몸을 날렸다.

천마재생

대체 무슨 일이 벌어진 걸까?

주가희는 멍하니 바라만 보았다.

그때 그의 귀에 추몽노사의 목소리가 흘러들었다.

"보시오. 고래들을."

그 목소리에는 뜨거운 열기가 섞여 있었다.

하기에 주가희는 추몽노사의 시선이 향하는 곳을 쫓았다.

첨탑이 있던 자리에 푸른빛을 휘감은 채 서 있는 한 사내가 보인다.

장후였다.

그의 옆에 검은 어둠을 장막처럼 펼치고 있는 괴겁마령과 검 한 자루를 쥐고 둥둥 떠 있는 신검이 보였다.

철리패와 혈우마령, 그리고 월야마령과 천살마령도 있었다.

지금까지 본적 없는 사람도 둘이 섞여 있었다.

새하얀 날개를 매단 중년인과 검은 무쇠가면을 쓴 사내.

그들을 본 순간 주가희는 알 수 있었다.

어째서 첨탑이 부서져버린 것인지를.

바로 저들 때문이리라.

주가희는 당장 그들이 서 있는 곳으로 달려가고 싶었다.

저곳에서 저들과 어깨를 나란히 하고 싶었다.

하지만 마음과는 달리 그녀가 끼어들 틈은 없었다.

쉬이이이이이이익!

장후일행을 가운데 두고 홍화무장들이 내려섰다.

거의 동시에 염황을 따르는 홍화무장들이 그 뒤편에 내렸다.

잠시 사이 그렇게 장후일행을 가운데 두고 이중의 원진이 형성 되고 말았다.

하지만 장후는 홍화무장들이 보이지 않는지 고개를 하늘로 들어올린다.

그곳에 둥둥 떠 있는 두 사내가 보였다.

홍화신.

그리고 장후와 꼭 닮은 사내, 수라천마의 복제인형이었다.

장후가 자신을 내려 보는 홍화신을 향해 말했다.

"즐겨라, 그렇게 내려 볼 수 있는 건 지금뿐이니까."

홍화신이 빙긋 웃었다.

"지금껏 신으로써 수많은 소원을 들어주었지만, 네 소원만은 들어줄 수 없겠구나."

장후가 코웃음쳤다.

"들어줄 필요 없어. 언제나 그렇듯 내 손으로 이룰 것이니."

그러며 장후는 푸른빛이 되어 홍화신을 향해 날아갔다.

천마재생

홍화신은 기다렸다는 듯 붉은 빛이 되어 장후를 향해 마주 날았다.

　　콰아아아아아아아아앙!

　　그렇게 푸른빛과 붉은빛이 서로를 애무하듯 뒤섞이기 시작했다.

第百三十九章.

미끼를 제대로 물었네

天魔再生

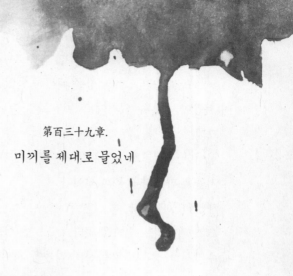

第百三十九章.
미끼를 제대로 물었네

온 세상이 푸르고 붉다.

달과 해가 같이 떠 있는 듯하다.

세상이 무너지려는 걸까?

그럴지도 모른다.

아니면, 세상이 정화되려는 걸까?

그럴지도 모른다.

그렇다면 저토록 장엄하고 화려한 빛의 격돌은 반겨야
하는 것일까?

아니면, 절망해야 하는 걸까?

모른다.

그저 볼 뿐이다.

갑자기 내린 소나기를 피할 수 없는 것처럼, 벼락이 내리는 것을 막을 수 없는 것처럼, 그저 멍하니 지켜볼 수밖에 없다.

푸르고 붉은 빛으로 세상을 채색하고 있는 두 존재는 이미 사람이라 할 수 없기에 그렇다.

그래.

신이다.

저들은 파멸과 죽음의 신이다.

재앙의 둥지이다.

그저 기다리는 수밖에 없다.

수라천마 장후와 홍화신의 격돌을 지켜보는 이들의 심정은 그랬다.

하지만 모두가 그런 건 아니었다.

이 자리에 있는 이들 중에는 신이 되려는 이들도 있었으니까.

그와 반대로 신을 죽이려는 이들도 있었으니까.

멍하니 수라천마 장후와 홍화신의 격돌을 지켜보는 이들 중 누군가 속삭였다.

"전장에서 살아남는 방법, 제가 조금 안다 싶은데, 알려드릴까요?"

낮고 중후한 목소리.

목소리는 크지는 않았지만 주목하게 만드는 힘이 있었다.

그렇기에 교차하는 푸르고 붉은 빛의 격돌을 지켜보고 있던 이들 중 일부가 목소리의 주인을 찾아 시선을 내렸다.

그곳에 철가면을 쓴 사내가 서 있었다.

갑자기 나타난 수라천마 장후의 일행이었다.

전장에서 살아남는 방법이라.

우습다.

이 자리에 있는 이들 중 전장을 겪어보지 않은 자가 누가 있을까?

삶이 전쟁이었다.

그렇기에 이 천종쟁패라는 마지막 전장까지 치달아온 것이다.

그러니 누가 감히 이 자리에서 전장을 운운할 수 있을까.

하기에 철가면을 바라보는 이들의 입가에는 비웃음이 어렸다.

하지만 철가면을 쓴 사내의 곁에 서 있는 신검과 철리패, 마령들의 태도만은 달랐다.

경청하겠다는 듯이 그를 바라보았다.

그들은 철가면의 사내보다 무공실력이 못하거나 경험이 모자라다는 생각은 하지 않았다.

다만, 이 철가면의 사내가 어찌 살았는지 알기 때문이다.

그리고 어찌 죽었는지도 알기 때문이다.

철가면 사내는 죽은 자였다.

천마재생

그런 그가 지금 이 자리에 서 있다는 건, 지옥이라는 전장에서 죽음이라는 적수조차 물리치고 돌아왔다는 것이다.

그들이 아는 한 죽음을 극복한 두 번째 사내이다.

수라천마 장후라는 초월적인 존재에 가장 가까이 다가선 인간이라는 거다.

불패의 장군이여.

위대한 인간이여.

당신만이 전장을 말할 자격이 있음이라.

철가면 사내의 입이 다시 열리기를 기다리는 장후일행의 심정은 그랬다.

기다림 속에 드디어 철가면 사내의 입이 벌어졌다.

"첫 번째가 동정하는 것이더군요. 적이 아닌 나를 말입니다. 난 동정을 받아 마땅한 사람이며, 살아남기에 충분한 자격이 있음을 다짐하여야 하더이다. 그래야, 내 검에 망설임이 사라지더이다."

신검이 검을 들어 올리며 말했다.

"나를 동정한 적이 없기에 어색하겠으나, 그래보겠소이다."

철가면 사내가 말을 이었다.

"두 번째가 상대를 찾는 겁니다. 저 녀석만은 꼭 죽이겠다는 심정이 가능한, 그런 상대를 골라 그 녀석만 쫓는 것이지요."

철리패가 하나 뿐인 팔을 주먹 쥐며 말했다.

"그 상대가 꼭 하나일 필요는 없지요?"

철가면 사내는 고개를 끄덕였다.

"그리고 마지막으로 세 번째."

철가면 사내가 고개를 들어올리며, 공중 어딘가를 노려본다.

"그렇게 정한 상대를 전심전력으로 죽이는 겁니다, 내 손으로."

철가면 사내의 시선이 향한 곳, 한 사내가 보인다.

수라천마 장후의 복제인형이었다.

그는 철가면 사내의 말을 듣고 있었는지, 내려 보며 빙긋 웃으며 말했다.

"전장에서 죽는 방법은 알고 있나? 내가 조금 알려줄까?"

그러며 수라천마의 복제인형은 손을 스윽 들어올렸다.

그러자 철가면 사내를 포함한 장후 일행을 둥글게 둘러싼 홍화신을 따르는 홍화무장들이 조금씩 간격을 좁혔다.

홍화무장들은 각기 한 시대를 상징했던 고수들의 복제인형.

비록 그들이 그들의 원형에는 못 미친다고는 하지만, 닮은 만큼의 실력은 갖추고 있었다.

그들이 자신의 실력을 드러낼 준비를 하자, 뿜어져 나온 위세는 폭풍이 되어 장후 일행을 휩쓸었다.

천마재생

그러자 철가면 사내가 검을 뽑아 들었다.

어디서나 쉽게 볼 수 있는 삼척장검이었다.

이 자리에 있는 이들의 예리한 눈으로 보기에 그의 검은 날카로워보이지도 않았고, 단단한 것 같지도 않았다.

당장 붙잡고 힘을 주면 뚝 하고 부러질 듯만 했다.

하지만 이 순간 철가면 사내의 손에 들리니 위협적이었다.

그 어떤 보검보다 날카롭고 그 어떤 방패보다 단단해 보인다.

철가면 사내는 자신의 검을 접근해오는 홍화무장들이 아닌, 공중에 떠 있는 수라천마의 복제인형을 가리켰다.

"나는 당신을 경계했소."

이 말은 수라천마의 복제인형이 아닌, 수라천마 장후를 향한 고백이리라.

철리패가 말했다.

"난 두려워했소."

신검이 말했다.

"증오했지."

위수한이 말했다.

"전 닮고 싶었지요."

괴겁마령이 말했다.

"난 따르고 싶었지."

철가면 사내가 말했다.

"모두가 같은 심정일 것이오. 우리는 당신을 의식하고 살았소. 언제나 당신을 염두에 두었어야 했소. 그렇기에 우리는 이리 단단해질 수 있었겠으나, 그로인해 우리는 좌절감에 허덕여야 했소. 당신이라는 벽을 넘을 수 없음을 알기에. 그럼에도 우리는 기회를 엿보았소. 단 한번, 단 한번만이라도 당신의 적으로 마주할 기회를 말이요. 언젠가부터 그건 꿈이 되더이다. 비단 나만이 꿈꾸지는 않았을 것이오. 안 그렇소?"

철가면 사내가 주변을 둘러보았다. 그러자 신검과 철리패, 괴겁마령과 혈우마령, 천살마령, 월야마령이 모두 소리 없이 웃었다.

그들의 표정을 본 철가면 사내가 웃음 섞인 목소리로 말했다.

"역시 그렇지요? 당신과 같은 시대를 살아갔고, 당신이 있는 시대에서 살아남는다는 건 그런 것이라오. 우리는 그렇게 살아왔다오. 당신의 당신에 의한 당신을 위한 시대. 그리고 이따금 꿈을 꾸었다오. 당신이 없는 시대를. 당신을 없애는 나를. 하기에 이따금 그려보았소. 수라천마 장후의 적이 된다면 어떤 장면일까? 그 자리에 저 혼자 서 있을 리는 없더이다. 대신 언제나 여러 명이 어깨를 나란히 하고 서 있더구려. 나만 그랬던 것은 아니죠?"

그러자 신검과 철리패, 그리고 마령들이 웃음지은 얼굴로 어깨를 들썩였다.

다들 같은 꿈을 꾸었나 보다.

신검이 말했다.

"그럼 그림을 맞춰볼까? 시작은 누가 열었나?"

그러자 모두의 시선이 한 방향으로 모였다.

그들의 시선이 향한 곳, 철리패가 있었다.

철리패가 송곳니를 드러내며 웃었다.

"붓은 달라도, 나온 그림은 비슷하구만."

신검이 말했다.

"같은 그림을 그렸으니까."

위수한이 말했다.

"이기는 그림을 그렸으니까요."

괴겁마령이 말했다.

"이길 수밖에 없는 그림을 그렸으니까."

철리패가 공중에 뜬 채 가만히 자신들을 내려 보고 있는 수라천마 장후의 복제인형을 향해 말했다.

"황봉은 고금최강. 나조차 상대할 자신이 없다. 당신께서 그러셨지요?"

철리패가 무릎을 살짝 굽혔다.

도약할 준비를 하는 것이다.

"당신께서 결코 거짓을 말하지 않음을 증명하겠소."

콰아아아아아아앙!

철리패는 빛살이 되어 수라천마의 복제인형을 향해 날았다.

†

허공을 떠돌며 뒤섞여 있던 붉은 빛과 푸른 빛이 어느 순간 잘라낸 듯이 나누어졌다.

마치 해와 달이 마주해 있는 듯하다.

그렇다면 세상은 밤일까?

아니면 낮일까?

해와 달, 이 둘 중 하나만이 남겨졌을 때야 알게 될 것이다.

달과 같은 형상을 한 장후가 어느 순간, 고개를 내렸다.

그들이 허공에서 대결에 몰두하는 사이, 땅에서는 사람의 전쟁이 벌어지고 있었다.

장후는 무언가를 발견했는지 입매가 스르르 올라갔다.

남겨두고 온 일행이 보였다.

그들이 벌이고 있는 싸움이 보였다.

권황 철리패와 신검, 위수한, 철가면의 사내, 괴겁마령과 혈우마령.

그들은 마치 한 몸처럼 움직이고 있었다.

천마재생

본래 한 명의 사람인데 필요에 의해 여섯 개의 분신으로 나뉘어놓은 듯하다.

"꽤나 오래 준비를 해왔던 모양이야."

들려온 홍화신의 목소리에 장후의 시선이 그에게로 돌아왔다.

홍화신 역시 그들을 보고 있었다.

홍화신의 눈에도 그들 여섯의 모습은 위협적으로 여겨지는지, 표정이 사뭇 진지했다.

"대단하군."

그는 수라천마 장후와의 대결을 즐기기 위해, 자신이 만든 수라천마의 복제인형에게 홍화무장들의 지휘권을 양도했었다.

장후의 일행은 고작 여덟 명 뿐이었고, 더욱이 그 중에서 둘 월야마령과 천살마령은 이미 전력으로써의 역할 되지 못했다.

그렇기에 이미 상황은 종료되었어야 했다.

아직 싸움이 벌어지고 있다면, 염황과 그를 쫓은 홍화무장들과의 전투여야만 했다.

그런데 밑에서 벌어지고 있는 전쟁의 중심은 아직도 장후의 일행이 있었다.

고작 여섯 명에 불과하지만, 홍화신을 따르는 홍화무장들과 염황의 세력 간의 대치와 교차를 교묘하게 이용하며 전황을 주도하고 있다.

물론 장후의 일행 여섯 명은 강했다.

하지만 저 자리에 있는 이들 중 약한 이는 아무도 없었다.

어떻게 버틸 수 있는 걸까?

전황을 살펴보던 홍화신이 속삭였다.

"합격진을 익혔군."

실로 놀라운 합격진이었다.

마치 여섯이 한 명처럼 움직이고 있었다.

하지만 다음 순간 홍화신이 눈살을 찌푸리며 속삭였다.

"합격진이……, 아니군."

합격진이라기에는 진법이 가져야할 형태나 특징이 전혀 보이지 않는다.

물론 마음과 의식을 공유하는 방식을 통해 무형의 진형을 이룰 수도 있지만, 그렇게도 보이지 않는다.

여섯은 모두가 제멋대로 싸우고 있었다.

그런데도 불구하고 넓게 보면 일정한 틀을 이루고 있기에 진법처럼 여겨질 뿐이었다.

홍화신조차도 처음 본다 싶을 정도로 강력하고 신기한 진법이었다.

어느 순간 홍화신의 눈동자가 파르르 떨렸다.

휙!

천마재생

홍화신의 고개가 돌아와 장후를 향했다.

"저 녀석들에게 대체 무슨 짓을 한 거지?"

장후는 빙긋 웃었다.

"아무 것도."

홍화신이 눈을 날카롭게 고쳤다.

"아무 짓도 하지 않았다? 그런데 어째서 저 녀석들이 아수라파천마공의 파해법을 알고 있는 것이지?"

수라천마 장후를 상징하는 무공은 두 가지.

수라마안, 그리고 파천육비절예이다.

하지만 수라천마 장후를 아는, 그리고 그에게 대적하는 이들에게 수라천마 장후의 무공을 묻노라면, 아수라파천마공이라 말한다.

파천육비절예와 수라마안은 아수라파천마공이라는 거대한 바다를 끌어올려 형태화하는 줄기에 불과하기 때문이다.

그러니 아수라파천마공이야 말로 수라천마 장후의 근원인 것이다.

그리고 홍화신의 근원이기도 했다.

아수라파천마공은 홍화신이 창안한 무공이며, 자신을 닮은 자를 만들고자 하는 욕망의 산물이기에.

그런데 권무영을 위시로 한 여섯 명이 보이고 있는 합공의 방식은 철저하게 아수라파천마공에 대항하는 형상을 보이고 있었다.

파해법이 있다면 저렇지 않을까 싶을 정도이다.

아수라파천마공을 익힌 자만이 알 수 있는 부분이었다.

저들의 정체모를 합격진은 그 자체만으로도 강하지만, 아수라파천마공을 익힌 자에게 보다 더 강한 위력을 가지리라.

지금 홍화신의 표정이 유독 진지한 이유는 그 때문이었다.

장후가 피식 웃으며 말했다.

"아수라파천마공의 파해법이라. 그런 게 있나?"

"없었지. 지금까지는 말이야. 네가 만들어 저것들에게 가르치지 않았다면 이후에도 없었겠지."

장후가 고개를 갸웃거렸다.

"아수라파천마공의 파해법이라는 것이 있을 수가 있나? 내가 아는 아수라파천마공은 그런 게 가능할 리가 없는데?"

홍화신은 아무 대꾸도 할 수 없었다.

말마따나 아수라파천마공에는 파해법 따위는 존재할 수 없었다.

아수라파천마공은 신화경에 이르는 지름길을 그려놓은 지도일 뿐, 무공이랄 수가 없었다.

그러니 파해법 따위는 있을 리 없다.

굳이 파해법이 있다면, 신화경에 이르는 또 다른 길을

251

알려주는 지도라고 하겠지.

그럼에도 아수라파천마공의 파해법이 있으며, 그것을 장후가 만들었으며, 저들 여섯 고수에게 합격진의 형태로 가르쳐주었다고 생각한 건, 그저 수라천마 장후라면 그것이 가능할 수도 있겠구나 라고 순간 짐작했기 때문이었다.

장후가 홍화신을 보며 빙긋 웃었다.

"그래. 맞아. 내가 아수라파천마공의 파해법을 가르쳐주었다."

홍화신이 그럴 줄 알았다는 듯 고개를 살짝 끄덕였다.

"역시."

"너에게도 가르쳐주지. 아수라파천마공의 파해법은 단순해. 짓밟고 무너트리고 끊어버리고 잘라내는 거야. 단 목숨만은 살려두는 거지. 그러면 된다."

장후가 고개를 내려 권무영을 위시로 한 여섯 명의 고수를 바라보았다.

"짓밟아도 일어나고, 무너트려도 일으키고, 끊어내고 잘라도 스스로 붙어버리지. 그리고 다시 도전해 온다. 또 다시 짓밟히고 무너지고 끊어지고 잘리기 위해서. 그런 짓을 수차례 반복하면 저렇게 돼. 나를 죽이기 위해, 나를 이기기 위해 저렇게까지 되고 마는 거야. 놀랍지 않은가? 나도 두려워. 너처럼 말이야."

홍화신이 코웃음 쳤다.

"두려워한다고? 내가? 저것들을?"

"있을 리 없는 파해법이 존재한다고 여겼다? 그걸 내가 만들었다고 생각했다? 그리고 내가 저들에게 가르쳤다고 짐작했다? 그런 말도 안 되는 생각을 왜 했겠어? 내가 두려워졌기 때문이겠지?"

장후가 눈매를 얇게 여미며 비릿한 미소를 머금었다.

"들켰다고, 너."

홍화신이 침을 꿀꺽 삼켰다.

장후의 눈매가 더욱 얇아졌다.

"축하한다. 인간이 된 것을."

위이이이이이이잉!

장후의 몸을 휘감은 파란 빛이 더욱 밝아져 갔다.

장후는 새파란 빛에 묻혀 가려졌고, 그의 목소리만이 틈새를 비집고 흘러 나왔다.

"이제부터는 좀 더 무서울 거야."

†

잠시 나뉘어서 달과 해의 형상을 하며 머물러 있던 수라천마 장후와 홍화신이 다시 격돌하며 눈부신 빛살을 뿜어낸다.

콰아아아아아아아아아아!

그들이 격돌하는 순간 허공중에 거대한 파문이 일었고, 곧이어 광풍이 되어 천지사방으로 퍼져나갔다.

하늘은 칼날과도 같은 거친 광풍에 찢겨지며 비명을 질러내고, 땅은 뒤집히거나 솟구쳐 올라 고통의 몸부림을 친다.

그렇게 존재하는 모든 것이 무너지고 있었다.

"으아아아아아악!"

"도망, 살려줘!"

"살려줘어어어어!"

사람들은 비명을 지르며 사방으로 도망쳤다.

개화암시에 들어선 이상 도망칠 곳은 없었다.

한 사람만이 남을 때까지 열리지 않는 이 개화암시라는 전장에서 할 수 있는 건 당해 죽거나 혹은 죽이는 것뿐이다.

그것은 천종쟁패에 참가한 이들이 선택한 운명이었다.

그럼에도 이 순간 대부분의 이들은 자신의 선택과 운명을 잊었다.

그들을 이끄는 건 오직 살겠다는 본능뿐이었다.

하기에 사람들은 터지고 갈라져 디딜 곳을 찾기 힘든 땅을 애써 골라 밟으며 이 도시에서 벗어나려 애썼다. 우박처럼 떨어지는 건물의 파편을 피하고자 몸을 뒹굴었다.

혹은 아예 도망칠 엄두조차 내지 못하고 무릎을 꿇은 채 격돌하는 달과 해를 향해 두 손을 모아 빌었다.

살려달라고.

14

제발 살려만 달라고.

그런 이들 중에는 이 땅의 지배자이며 공포와 위엄의 상징이랄 수 있는 제후들도 섞여 있었다.

하지만 그들의 기원에 대한 답은 세찬 바람과 낙석, 그리고 지진뿐이었다.

"으아아아아아아아아악!"

"살려, 살려줘어어어어어!"

그들의 간절한 바람은 깨어지는 하늘과 무너지는 땅의 울음에 휘말려 흩어질 뿐이었다.

하지만 일부의 사람들은 빌지 않았다. 도망치려하지도 않았다.

두 손을 보아 빌기 대신 굳게 병장기를 쥐고 휘두르며, 무릎을 꿇고 절하는 대신 두 발로 땅을 박차고 있었다.

서로가 서로를 향해 달려들 뿐이었다.

떨어지는 낙석을 상대에게 튕겨내고, 무너져 내리는 땅의 균열 속에 몸을 숨기며 이동하여 상대에게 파고들었다.

홍화신을 따르는 홍화무장들과 염황을 따르는 홍화무장들!

자신들이야 말로 천종쟁패의 참가할 자격이 있으며, 승자가 될 가능성을 가지고 알리겠다는 몸짓일까?

순간 수십 개의 분신을 만들어내는 이가 있는가하면 검도무학의 극치라는 이기어검을 구사하는 이가 있었다.

천마재생

바람이 되어 질주하는 이도 있었으며, 수천 개의 암기를 단숨에 뿌려대는 이마저 있었다.

전설에서나 나올 법한 신위이다.

홍화무장은 홀로 천명의 정병을 상대할 수 있다는 소문이 거짓이 아님을 증명하는 듯했다.

하지만 그들의 맹렬한 사투의 현장 속을 잡초처럼 헤치며 오가는 여섯 명의 사내들만큼 놀랍지는 못했다.

황봉!

그들은 수라천마 장후의 말마따나 단 여섯 만으로도 고금최강이라 불릴 만 했다.

쇄애애애애액!

위수한이 새하얀 날개를 나부끼며 홍화무장들 사이를 가로지른다.

그가 만들어낸 틈을 어둠이 된 괴겁마령이 그림자처럼 뒤따르며 화염의 늑대들을 마구 쏟아내 넓혔다.

화염의 늑대 겁화랑군은 홍화무장들에게 상처를 입힐 정도는 되지 못했지만 마구 날뛰며 길을 이루어 낼 수는 있었다.

그 길 위에 신검과 철리패가 들어선다.

철리패의 하나 뿐인 주먹은 부수고, 신검의 검은 가른다.

철리패가 지나갈 때면 어김없이 두어 명의 홍화무장이

256 14

핏물을 뿜으며 쓰러졌고, 신검이 지나간 자리에는 홍화무장이 둘로 나뉘어 내려앉았다.

그들이 뒤로 혈우마령이 뒤쫓는다.

그는 철리패와 신검의 공격에 죽지는 않았으나 상처 입어 스러져 있는 홍화무장만을 노렸다.

압도적인 힘으로 찢고 부수며 터트린다.

혈우마령의 만행에 분노한 홍화무장이 몰려드는 순간, 철가면의 사내가 나타나 마주 검을 휘둘러 왔다.

그는 홍화무장의 공격이 닿아도 막지를 않는다.

덕분에 갈라지고 부서지지만 아랑곳하지 않고 검을 휘둘러 올 뿐이다.

같이 죽자는 걸까?

마치 피와 살점으로 이루어진 폭우가 내리는 듯하다.

폭우가 멎은 자리, 철가면의 사내는 홀로 서 있다.

새하얀 뼈와 붉은 살을 드러낸 그의 몸은 빠르게 복구되고 있었다.

불사의 신체!

그것은 죽음과 싸워 이긴 대가로 얻은 전리품이자 무기였다.

철가면의 사내는 또 와보라는 듯이 홍화무장들을 향해 검을 가볍게 까딱거렸다.

그 순간 홍화무장들은 이를 악물었다. 더불어 두 눈에

천마재생

불똥을 튀어 나왔다.

하지만 움직이지는 않았다.

철가면의 사내 뒤에서 기회를 엿보고 있는 위수한을 보았기 때문이었다.

철가면의 사내를 치려고 하면 위수한이 움직일 것이고, 그 뒤를 괴겁마령, 그 다음은 철리패와 신검이, 그리고 혈우마령이 뒤따르겠지.

그리고 나서야 철가면 사내가 나서겠지만, 그러면 다시 위수한이 움직일 것이다.

그때는 지금처럼 다시 십여 명의 홍화무장이 시체로 널린 후일 것이다.

황봉이 저 합격진을 구사하며 홍화무장 사이를 지나간 건 이번으로 여섯 차례.

그동안 황봉의 저 합격진에 휘말려 무려 육십 세 명의 홍화무장이 죽었다.

육십 세 명의 홍화무장이라면, 홍화국의 십이제후국 중 두 개 정도를 단숨에 쓸어버릴 수 있는 막강한 전력이었다.

그러한 전력이 저 합격진에 휘말려 사라진 것이다.

지금까지처럼 숫자와 전력상의 우위만으로 밀어 붙였다가는 더 얼마나 많은 희생을 치를지 짐작조차 되지 않았다.

하기에 홍화신을 따르는 홍화무장들은 달려들지 못하고, 하늘로 고개를 돌렸다.

그곳에 그들의 수뇌인 수라천마 장후의 복제인형이 있었다.

어서 그가 저 합격진의 약점을 파악하고 명령을 내려주기를 바라지만, 아직 뚜렷한 방법을 찾지 못했는지 관망하고만 있었다.

반면 염황을 따르는 홍화무장들은 뒤편 멀찍이 서 있는 염황에게로 고개를 돌렸다.

염황 역시 수라천마의 복제인형처럼 가만히 바라만 보고 있었다.

마치 자신들은 이 싸움에 개입할 의사가 없다는 듯하다.

하지만 이 자리에 있는 모두가 안다.

수라천마 장후와 염황은 지금 보이는 것처럼 여유롭지 않음을.

오히려 그 누구보다 초조할 것임을.

스윽.

위수한이 움직인다.

황봉 육인이 또 합격진으로 그들을 가로지르려는 것이다.

홍화무장은 이를 악물며, 각자의 무기를 힘껏 쥐었다.

저들의 질주가 멈췄을 때는 또 홍화무장 중 열 명 정도가 죽어있겠지.

홍화무장들은 그게 자신이 되지 않기만을 바랄 뿐이었다.

†

'이런 빌어먹을!'

염황은 화가 나 미칠 것만 같았다.

극양의 무공을 익힌 탓에 그는 성격이 화급한 편이었다.

자신의 그러한 점을 의식하고 있기에 그는 그 누구보다 차분하고 길게 보려 노력했다.

하지만 지금 이 순간 그는 평정심을 유지하기가 쉽지 않았다.

지금 이 순간에도 황봉 여섯 명에 의해 홍화신 측과 염황 측의 홍화무장이 죽어가고 있기 때문이었다.

수십 년간 어렵게 포섭해왔던 홍화무장들이 어이없을 정도로 쉽게 죽어가고 있었다.

꿈이 아닐까 의심스럽기까지 하다.

하지만 자신이라고 해도 저 여섯 명의 합격진 앞에 선다면 저리 되지 않으리라 자신할 수가 없었다.

그만큼 저 여섯 명이 구사하는 합격진은 무서웠다.

'합격진?'

웃음이 날 것 같다.

아니, 정말 웃음이 났다.

지금껏 저 합격진에 휘말려 죽어간 홍화무장의 수는 육십 일곱이었고, 지금 막 육십 아홉이 되었다.

그 중 염황을 따르는 홍화무장이 마흔 일곱이다.

홍화신 쪽의 두 배이다.

당연하다면 당연한 일이었다.

염황 쪽으로 돌아선 홍화무장은 대부분이 하위서열이니까.

홍화무장들의 실력은 종이 한 장 차이라지만, 고수일수록 그 종이 한 장의 차이가 너무도 크다.

바로 이곳이 그 종이 한 장의 차이로 인해 삶과 죽음의 결정되는 전장이기에 그렇다.

하지만 그 많은 희생을 외면하고 지금껏 염황이 지켜보고 있었던 건, 황봉이 구사하는 합격진의 파해법을 찾기 위해서였다.

그리고 이제야 알 수 있었다.

황봉의 합격진은 파해법이 없다는 것을.

'진법이 아니야.'

황봉 육인은 각자의 무공과 실력을 최대한 발휘하면서도 서로 호응하여 몇 배 이상의 위력을 보였다. 그렇기에 저들이 진법을 구사하고 있는 것이라고 착각했다.

하지만 아니었다.

저들은 진법 따위를 익히지 않았다.

다만 저들은 서로를 너무 잘 알고 있는 것이다.

그렇기에 서로의 무공을 파악하고, 투로를 미리 알며,

마치 한 사람처럼 움직일 수 있는 것이다.

너무도 친밀하기에 그런 걸까?

아니다.

오히려 그 반대이다.

저들의 관계는 동료 따위가 아니다.

'적!'

그래, 적이다.

어떻게든 죽이려 하는 원수들이다.

분명 수차례 시도로 했었을 관계이다.

그렇기에 서로를 저토록 잘 알고 있는 것이다.

언젠가 죽이기 위해, 아니, 언제라도 죽이기 위해, 그리고 어떻게든 죽이기 위해 기회를 엿보며 서로가 서로를 면밀하게 파악하고 있었던 거다.

호적수는 평생을 나눈 벗보다 가깝다고 했던가?

저들이 바로 그런 사이들이었던 거다.

저들이 저토록 위력적일 수 있는 건, 다름 아닌 그 때문이었다.

저들은 서로의 약점을 보완하거나, 서로의 무공을 조합하고 있는 게 아니다.

서로를 미끼로 사용하는 거다.

홍화무장을 낚을 함정으로 이용하는 것이다.

저 여섯은 서로의 목숨을 지키려 하지 않는다.

그렇기에 저들은 진법을 구사한다고 착각할 정도로 긴밀하게 움직일 수 있는 것이고, 서로의 무공을 조화롭게 사용할 수 있는 것이다.

그러니 파해법 따위는 없다.

저들 중 하나를 노려 파고 들어봤자, 다른 다섯은 그 하나를 살리기 위함이 아닌 오히려 그것을 기회로 삼아 더욱 활개를 칠 것이다.

결국 방법은 하나뿐이었다.

'정면승부!'

염황은 자신을 따르는 홍화무장을 총동원하여 전력을 기울인다면 분명 이길 수 있다는 자신은 있었다.

하지만 그리 한다면 그를 따르는 홍화무장 중 최소 절반 정도가 시체가 되어 굴러다닐 터였다.

그럼 결국 최후에 웃는 건 홍화신과 수라천마의 복제인형이 되겠지.

'어찌하여야 할까?'

어떻게든 황봉을 제거해야할 시점이었다.

'하지만 무슨 수로?'

답이 나오질 않는다.

그 사이에도 홍화무장들은 황봉에 의해 죽어가고 있었다.

염황은 슬며시 공중에 떠 있는 수라천마의 복제인형에게로 고개를 돌렸다.

'너에게는 답이 있느냐?'

그의 눈빛은 그렇게 묻고 있었다.

하지만 수라천마 장후의 복제인형은 그의 시선을 느끼지 못하는지 가만히 어딘가를 내려 보고만 있었다.

그의 시선이 향하는 곳은 지금 이 순간에도 홍화무장의 대열을 수풀처럼 가로지르고 있는 황봉 여섯 명이 아니었다.

이상하다 싶기에 염황은 수라천마의 복제인형이 바라보는 곳을 향해 시선을 돌렸다.

그 곳에는 손바닥만 한 크기의 새하얀 고양이 한 마리가 있었다.

고양이 역시 가만히 수라천마의 복제인형을 마주 보고 있었다.

이곳에 왜 고양이 따위가 있는 걸까?

그보다 왜 수라천마의 복제인형은 저딴 고양이를 마치 경계한다는 듯 진지한 표정으로 지켜보고 있는 걸까?

기묘했다.

하지만 그딴 것에 신경 쓸 여유는 없었다.

'응?'

염황은 자신의 곁으로 뭔가가 다가오는 기척을 느끼고 고개를 틀었다.

'담비?'

아니 수달인가?

담비와 수달을 반씩 섞어 놓은 것 같은 외양을 한 짐승이었다.

마치 불타오르는 듯이 새빨간 털이 인상적이었다.

담비인지 수달인지 알 수 없는 기묘한 짐승은 몸을 일으켜 세우더니, 머리를 갸웃거리며 웅웅, 하고 울었다.

여인이 보았다면 당장에 달려들어 품에 안았을 만큼 귀여운 모습이었다.

하지만 염황은 당장 짓밟아 버리고 싶다는 기분만 들 뿐이었다.

'좀 이상하군.'

갑자기 괴이한 짐승을 바라보는 염황의 눈매가 얇아졌다.

뭔가 특이한 기운이 느껴진다.

황봉에게 집중한 기감을 분산하여 살펴볼까 싶었다.

그때였다.

"크윽!"

황봉 육인 중 한 명이 신음을 흘리며 휘청거린다.

혈우마령이었다.

그 순간 수레바퀴처럼 움직이던 황봉 육인에게서 균열이 일었다.

염황의 두 눈이 반짝였다.

'틈!'

분명 파고들 틈이었다.

저들이 안일해진 건지, 아니면 지쳤기 때문인지는 모르겠다.

중요한 건 틈이 보인다는 것!

이 틈은 바로 사라질 것이다.

그럼 다시 상당한 희생을 치러야 할 터.

놓칠 수가 없다.

염황은 손을 뻗었다.

그 순간, 염황 쪽 홍화무장이 일제히 황봉을 향해 뻗어나갔다.

굳이 홍화무장들은 세세하게 명령을 내리지 않아도 무엇을 의미하는지 알고 있었다.

이 세 명의 홍화무장과 염황의 실력 역시 종이 한 장차이.

그러니 염황이 본 것을 홍화무장도 볼 수 있었기 때문이다.

염황의 곁에 서서 호위하고 있던 세 명의 홍화무장 역시 몸을 날렸다.

그들 세 명은 염황을 따르는 홍화무장 중에서 가장 상급 서열이었다.

이 셋이라면 충분히 저 틈을 비집고 들어가 황봉 여섯의 목을 잘라낼 수 있으리라.

염황은 그 광경을 떠올리며 빙긋 웃었다.

콰아아아아아아아아아앙!

염황 쪽 홍화무장이 일제히 달려들었기에 바람이 일고 땅이 부서져 내렸고 하늘이 깨어질 듯 흔들렸다.

흙먼지가 피어올라 구름이 되었고, 장내를 모조리 가려 버렸다.

하지만 염황의 눈까지 가릴 수는 없었다.

빠드드득.

염황의 입 안에서 치아가 비틀리는 소리가 흘러 나왔다.

"놓쳤군."

아니나 다를까, 흩어지는 흙먼지 속에서 황봉 여섯 명이 모습을 드러냈다.

그들은 무사하지는 못했는지 전신이 피로 물들어 있었다. 하지만 건재함을 과시하듯 미소를 머금고 염황을 마주 보았다.

그들의 발밑, 이십여 명의 홍화무장이 시체가 되어 널려 있다.

그들 중 호위의 역할을 하던 세 명의 홍화무장도 끼어 있었다.

그 광경을 보니 염황은 가슴에서 불길이 치솟는 듯했다.

그 순간, 혈우마령이 힘겨운 목소리로 속삭이듯 말했다.

"미끼를 제대로 물었네."

미끼를 물어?

무슨 소리일까?

염황은 순간, 거대한 존재감을 느끼고 고개를 왼쪽으로 돌렸다.

담비인지 수달인지 구분할 수 없는 새빨간 짐승이 달려들고 있었다.

아니, 늘어나고 있었다.

길고 거대하게.

그리고 더욱 붉어지고 있었다.

마치 화염처럼!

염황은 위기감을 느끼고 두 손으로 강환을 날렸다.

콰아아아아아아앙!

극양의 기운을 머금은 두 덩이의 강환이 염황의 손바닥을 떠나 거대해진 짐승을 향해 날아갔다.

그러자 구렁이처럼 거대해진 짐승이 아가리를 쫙 벌려 강환을 삼켜버렸다.

염황은 당황을 숨길 수가 없었다.

금강석조차 녹여버릴 수 있는 극양지기가 담긴 강환을 마치 먹잇감이라는 냥 삼켜버리다니.

하지만 지금은 당황할 때가 아니었다.

염황은 다가오는 짐승에게서 멀어지기 위해 뒤로 물러나며 마구 강환을 날렸다.

짐승은 강환을 피하기는커녕 족족 삼키며 다가왔고, 점점 더 늘어나고 커졌다.

좌아아아악!

염황의 앞에 이른 짐승이 아가리를 크게 벌린다.

실로 거대하고 실로 화려했다.

마치 불꽃이 네 발을 가진 거대한 뱀과 같은 형상으로 이룬 듯하지 않은가.

그 모습을 멍하니 바라보던 염황은 어이없다는 듯 속삭였다.

"용(龍)?"

짐승이 찢어질 듯 크게 벌렸던 아가리를 힘껏 다문다.

콰직!

기묘한 소리와 함께 염황의 상반신은 사라지고 없었다.

짐승은 다시 입을 열어 남아있던 염황의 하반신마저 집어삼켰다.

삼백 년이란 긴 세월동안 홍화신을 대리하여 이 나라를 섭정했던 권력자답지 않은 허망한 최후였다.

염황을 따르는 홍화무장들은 자신의 눈앞에서 벌어진 광경을 믿을 수 없다는 듯 멍하니 바라만 보았다.

제 모습으로 현신한 용용은 염황을 삼킨 것만으로는 성이 차지 않는다는 듯 입을 쩝쩝 다시며, 그들을 마주 보았다.

천마재생

스르르르.

용용이 공중에 떠오르더니, 바다를 유영하는 고기처럼 움직여 염황의 홍화무장들을 향해 다가간다.

긴장된 분위기와는 어울리지 않는 부드러운 목소리가 어디선가 흘러나왔다.

"자, 잡어는 낚았고. 그럼 드디어 대어차례인가?"

목소리의 주인 쪽으로 시선이 모인다.

위수한이었다.

위수한은 고개를 들어 아직도 공중에 떠 있는 수라천마의 복제인형이 노려보았다.

"저 대어는 미끼를 물지를 않네요. 어쩐다?"

신검이 말했다.

"그럼 낚시대를 치워야지."

위수한이 물었다.

"그럼 어찌 낚습니까?"

철리패가 대답했다.

"대어를 잡으려면 작살을 준비해야지 않겠나?"

"작살이라. 역시 그래야겠지요?"

그러자 철가면 사내가 알았다는 듯 고개를 끄덕이며 수라천마의 복제인형이 있는 방향으로 걸음을 옮겼다.

그러며 말했다.

"호공. 도와주시겠습니까?"

그 순간, 수라천마의 복제인형이 지켜보고만 있던 새하 얀 고양이가 부풀어 오르기 시작했다.

색은 검게 물들며, 손톱과 이빨은 칼날처럼 길고 예리해 진다.

천마흑호라고 불리던 백묘의 본모습이었다.

그러자 공중에 떠 있던 수라천마의 복제인형 역시 미간 에는 푸른 눈을, 그리고 등 뒤에는 여섯 개의 푸른 팔을 형 성했다.

수라마안과 파천육비절예.

수라천마 장후를 상징하는 절대마공!

하지만 수라천마 장후가 발현 했을 때보다는 조금 그 색 이 탁하고 모양새가 거칠었다.

그때였다.

콰아아아아아아아아아아아아아앙!

고막을 찢을 듯한 굉음이 온 세상을 뒤엎었다.

하늘과 땅이 무너진다.

그 사이로 백색의 거인이 모습을 드러내고 있었다.

달의 형상을 하며 해의 형상을 한 홍화신과 붙었다 떨어 지를 반복하던 장후였다.

그 앞, 백색의 거인에 못지않은 검은 거인이 모습을 드 러내고 있었다.

홍화신이 분명했다.

천마 재생

마지막 순간이 오고 있는 것이다.

누가 이길까?

바라보는 이들의 머리에는 그 질문이 떠올랐다.

하지만 싸우고 있는, 혹은 싸움을 준비하는 이들은 달랐다.

이기고 지는 건 중요치 않다.

그저 싸울 뿐이었다.

"으아아아아아아아아아아아아아압!"

철가면 사내가 고함을 지르며 튀어 올랐다.

그러자 거대한 검은 호랑이, 천마흑호가 날아와 그를 등에 얹더니 공중에 떠 있는 수라천마 장후의 복제인형을 향해 몸을 날렸다.

거의 동시에 수라천마의 복제인형도 그들을 향해 빛살이 되어 내렸다.

그들이 격돌하는 순간 굉음이 터져 나온다.

콰아아아아아아앙!

그 소리가 신호라도 되었다는 듯, 하얀 거인이 된 장후와 검은 거인이 된 홍화신이 서로를 향해 달려들었다.

그건 천종쟁패의 끝이 얼마 남지 않았음을 알리는 신호이기도 했다.

第百四十章.

그러길 원한다면

天魔再生

第百四十章.
그러길 원한다면

태초에 세상은 나누어지지 않고 구분됨이 없었다고 한다.

삶과 죽음이 하나였을 뿐만 아니라 유(有)와 무(無)가 하나였으니, 모든 것이 존재하나 아무것도 없었다고 한다.

그때 하나의 거인이 태어나 하나였던 세상을 둘로 나누어 버리니, 하늘이 되고 땅이 되었다 한다.

오래전부터 전승되는 창세의 신화이다.

누가 먼저 그러한 이야기를 떠들어대기 시작한 건지는 아무도 모른다.

그저 어느 순간 모두가 알고 있는 이야기였다.

물론 그 누구도 믿지는 않는다.

하늘과 땅이 하나였을 수 없으니까.

그리고 하나였던 하늘과 땅을 둘로 나눌 만큼의 거인이 존재할 리가 없으니까.

하지만 이 순간 살아있는 사람은 모두가 창세의 신화를 떠올렸다.

그리고 이렇게 생각했다.

만약 그러한 거인이 있었다면 저것들과 같지 않았을까?

수라천마 장후가 화한 새하얀 거인과 홍화신이 화한 검은 거인은 사람들의 눈에는 그렇게 보였다.

정말 그럴지도 모른다.

하나의 세상을 둘로 나누어 버렸다는 신화속의 거인처럼 그들의 격돌에 세상은 무너지고 있었다.

이제 하늘과 땅의 구분을 알 수가 없었다.

모든 것이 부서지고 떠오르며 뒤섞이고 있었다.

사람이 디딜 바닥은 이제 없었다.

피할 곳도 없었다.

떨어질 뿐이다.

아니, 솟구쳐 오를 뿐이었다.

떨어지는 것인지 솟구치고 있는 것인지도 알지 못했다.

그저 휘날릴 뿐이었다.

새하얀 거인과 검은 거인의 격돌이 만들어낸 힘의 여파가 만들어낸 현상이었다.

하기에 이제 사람들은 비명을 지르지도 않았다.

살려달라며 호소하지도 않았다.

그저 체념한 채 두 거인의 격돌을 지켜만 볼 뿐이었다.

하지만 여섯 명의 사내, 황봉 만은 거인의 대결에 관심을 두지 않았다.

하늘과 땅이 사라지고 있는 이 혼돈의 광란 속에서도 그저 자신의 욕망에 충실했다.

그들에게 삶과 죽음이란 큰 관심꺼리가 아니기 때문이었다.

세상의 파멸이나 소생 역시 마찬가지였다.

그들이 바라는 것, 그리고 그들이 원하는 건 단 한 가지.

수라천마 장후라는 거대한 벽을 넘는 것.

새하얀 거인이 되어버린 진짜 수라천마 장후가 아닌, 홍화신의 손에 의해 빚어진 수라천마 장후의 복제인형을 통해 그 소망을 이루는 것.

그 하나뿐이었다.

수라천마 장후는 이런 말을 종종 했던가?

'강호의 잡것들은 미친 꿈을 꾸지. 그것이 비록 악몽이라고 하여도 말이야.'

그렇다.

황봉 역시도 미친 꿈을 꾸어왔다.

수라천마 장후를 내 손으로 죽이겠다는 꿈을!

천마재생

쇄애애애애애애애애액!

천마흑호와 하나가 된 철가면의 사내는 빛살이 되어 뻗어 나갔다.

그를 향해 거대한 푸른빛의 기둥이 마주 날아온다.

수라마안이다!

모든 것을 무너트리는 파멸의 눈빛!

그 순간 천마흑호가 아가리를 쫙 벌리며 크게 포효했다.

우오오오오오오오오오!

네 개의 발에 달린 보검처럼 길고 날카로운 발톱을 마구 휘저은다!

이 맹수의 왕을 이끄는 건 철가면 사내가 그려낸 죽음의 그림, 순살도!

철가면 사내와 감각을 공유한 천마흑호는 수라마안을 분쇄하는 붓이 되어 나아갔다.

서걱, 서걱, 서걱, 서걱!

수라마안이 잘리며 흩어진다.

하지만 뒤이어 거대한 푸른빛의 유성이 그들의 앞에 이르렀다.

파천유성비!

천마흑호와 철가면의 사내는 피할 방도를 찾지 못해 몸으로 버티려 했다.

그 순간 그들의 뒤쪽에서 빛의 검이 튀어 나와 유성을 둘로 갈라버렸다.

신검이었다.

"교대하지."

신검은 그 한 마디를 남긴 채, 천마흑호와 철가면의 사내를 대신하여 앞으로 나아갔다.

쩌쩌쩌쩍!

수천 개의 번개가 신검을 노리며 날아왔다.

파천벽력비였다.

신검은 멈추고 손에 쥔 빛의 검을 휘두르려 했다.

그런데 그의 곁을 스치며 철리패가 튀어 나왔다.

"피곤할 터이니, 좀 쉬게."

그렇게 말하며 철리패는 하나 뿐인 손을 주먹 쥐어 쏟아지는 번개를 향해 뻗는다.

콰아아아아아아아아아아아앙!

번개는 산산이 흩어졌다.

철리패가 다시 주먹을 쥐려는 찰나, 광풍이 몰아쳐 그를 덮쳐왔다.

파천폭풍비였다.

그때를 기다렸다는 듯 위수한이 새하얀 날개를 휘날리며 철리패를 지나쳤다.

"선배. 제가 처리하겠습니다."

279

쇄애애애애애애애액!

위수한의 새하얀 날개가 폭풍을 찢고 가른다.

그렇게 위수한의 날갯짓에 폭풍은 하늬바람이 되어 흩어졌다. 하지만 바로 거대한 파도가 그에게 들이닥쳤다.

파천해일비였다.

위수한이 망설이는 순간, 어둠의 장막이 화염의 늑대무리를 이끌고 파도를 향해 질주했다.

"수고 많았네. 나머지는 내가 정리할 테니, 돌아가시게."

몰아치던 파도는 화염의 늑대에 뜯겨 사라져 갔다.

드디어 수라천마 장후의 복제인형이 코앞이다.

그때, 수라천마의 복제인형이 주먹을 뻗었다.

새하얀 빛이 마구 쏟아져 나와 검은 장막에 수천 개의 구멍을 뚫어버린다.

"흐음!"

장막 속에서 신음이 흘러나왔다.

파천혼비(破天混臂)!

파천육비절예의 후이비에 걸맞은 위력이었다.

수라천마의 복제인형이 바로 다른 주먹을 뻗었다.

어둠이 뿜어져 나와 위수한과 신검, 철리패를 덮쳤다.

파천돈비(破天沌臂)!

복제인형의 뿜어낸 어둠은 위수한의 날개를 뜯어먹고,

14

빛으로 이루어진 신검의 검을 삼키고, 철리패의 주먹질까지 막아냈다.

그러자 혈우마령이 몸으로 어둠을 들이박았고, 천마흑호와 철가면 사내가 거칠게 휘저어 어둠을 찢어냈다.

수라천마의 복제인형의 목소리가 그들의 귓가에 맴돈다.

"이제 알겠지? 너희 중 반은 죽는다."

황봉 육인은 동시에 고개를 끄덕였다.

이 격돌을 통해 수라천마의 복제인형과의 대결이 어떻게 끝이 날지 그 결과를 엿볼 수 있었다.

복제인형을 죽이려면 황봉 육인 중 최소한 셋이 죽어야 한다.

누가 살고 누가 죽을 건지는 모른다.

그건 끝이 나야 알겠지.

수라천마의 복제인형이 말했다.

"굳이 그럴 필요가 있나? 모두 다 같이 살 수 있는 방법, 하나 알고 있는데, 어떤가?"

황봉 육인은 가만히 수라천마의 복제인형을 바라만 보았다.

"이 싸움을 나중으로 미루어 보는 건 어떤가? 당신들과 나, 서로 약간의 시간을 가져 보는 거야. 홍화신이 벌인 판에 섞여 이렇게 드잡이 질이나 하다가 죽는 거, 그리 좋은

천마재생

모양새는 아니지. 좀 그림이 되는, 좋은 자리를 잡아 제대로 판을 벌이는 게 어떤가 싶은데? 우리가 판을 벌이는 거야. 개화암시를 벗어날 방법을 알고 있어. 어떤가?"

위수한이 방긋 웃었다.

"당신에게 배운 것을 당신에게 가르쳐줘야 하니, 좀 우습군. 잘 들으시오. 언젠가 당신이 말했지. '나중 같은 건 없어. 언제나 지금 뿐이야. 지금이 안 되면 나중에도 안 돼.' 라고."

괴겁마령이 말을 이었다.

"'죽음은 무기이지, 목적이 아니야. 죽는다면 죽을 수밖에. 다만 죽음으로 이룰 수 있는 것의 가치에 무게를 두어야 한다.' 라고도 하셨지."

철가면 사내가 말했다.

"'그림을 그린 자가 누구이던, 마지막 붓질을 내가 하면 그만이야. 그게 좋은 그림이지.' 라고도 했었지요."

철리패가 말했다.

"판을 벌이는 건 누구나 할 수 있지. 선수를 자리에 앉히는 게 어려운 거야."

신검이 말했다.

"선수가 판에 앉았고, 가진 걸 모두 걸었다. 이보다 좋은 그림이 어디에 있나?"

혈우마령이 특유의 사람 좋은 미소를 그렸다.

"난 내 패를 보아야겠네. 낮으면 죽는 거지. 그게 인생이란 도박판 아닌가?"

수라천마의 복제인형이 선언하듯 말했다.

"셋이 죽는다."

신검이 살짝 고개를 저었다.

"무려 셋이나 사는 거지."

위수한이 말을 이었다.

"물론 너는 확실히 죽고, 병신아."

그러자 모두가 위수한에게로 고개를 돌렸다.

위수한이 빙긋 웃으며 어깨를 으쓱했다.

"왜요? 욕 한 번 시원하게 해보고 싶었던 건, 나뿐이오? 그리고 저건 장후 선배가 아니라, 복제인형이지 않소."

위수한의 말에 듣던 모두는 같은 생각인지, 살짝 고개를 끄덕였다.

그리고 너나할 것 없이 욕을 뱉어보려고 입을 우물거리는 순간, 수라천마의 복제인형이 양팔을 넓게 벌렸다.

위이이이이이이이이이이이이이잉.

그의 왼손은 새하얗게 물들어 갔다.

반대로 오른손은 칠흑처럼 검게 변하고 있었다.

파천혼비와 파천돈비.

두 힘이 교차하는 순간 발생하는 파멸의 힘, 파천황을 준비하고 있는 것이었다.

두 번째로 천마라는 칭호를 획득했던 멸세천마를 소멸시켰던 그 힘이 모습을 드러내려는 것이다.

위이이이이이이이이이이잉!

수라천마의 복제인형이 하얗고 검은 두 손을 천천히 좁혀간다.

수라천마의 복제인형은 자신했다.

파천황이라면 황봉 육인 중 최소한 세 명 이상은 먼지로 만들어버릴 수 있으리라고.

그러면 남은 셋은?

수라천마의 복제인형이 살아남은 홍화무장들을 향해 눈짓을 보냈다.

염황이 죽으며 전의를 잃은 염황쪽 홍화무장과 달리 수라천마의 복제인형을 수장으로 하는 홍화무장은 끼어들 틈만을 엿보고 있었다.

치열한 격전을 치르는 동안 남은 홍화무장은 스물 내외.

그들이 움직인다면 그가 다시 파천황을 준비하는 동안 살아남은 황봉 삼인을 견제할 수 있으리라.

'나의 승리로……, 응?'

그때였다.

수라천마의 복제인형은 그로써도 측량할 수 없을 정도의 거대한 기의 격돌을 느끼며 고개를 휙 돌렸다.

콰아아아아아아아아아앙!

284 14

고막을 찢는 굉음이 울리며 모든 것이 솟구쳐 오른다.

덕분에 수라천마의 복제인형조차 아무 것도 볼 수가 없었다.

기의 격돌과 굉음의 진원지는 수라천마 장후와 홍화신이 격돌하는 곳이라는 것 정도만 짐작할 뿐이었다.

'드디어 결착을 본 것인가?'

수라천마의 복제인형이 저도 모르게 눈동자를 돌렸다.

누가 이겼을까?

수라천마 장후의 기운이 줄어들고 있었다.

아니나 다를까, 수라천마의 복제인형은 시야를 가리는 솟구치는 대지의 잔해들 사이로 검은 거인의 주먹에 새하얀 거인이 가슴부위가 뚫린 채 쓰러지는 광경을 어렵게나마 볼 수 있었다.

'결국 수라천마 장후가 진건가?'

수라천마의 복제인형은 자신의 원형인 수라천마 장후가 패하는 광경을 보며 씁쓸함과 기쁨을 동시에 느껴야 했다.

그는 홍화신의 제일수족이기에 홍화신의 승리를 바라야 하지만, 자신의 원형인 수라천마 장후가 패배했다는 것에 애잔한 기분을 지울 수가 없었다.

그건 감정이라기보다 본능이었다.

그 찰나의 순간, 바람이 일었다.

천마재생

'으음!'

수라천마의 복제인형은 급히 고개를 돌렸다.

천마흑호와 하나가 된 철가면 사내가 날아온다!

황봉 육인만은 두 거인의 결착을 주목하는 대신, 수라천마의 복제인형이 순간 드러낸 틈을 엿보고 있었던 것이다.

수라천마의 복제인형은 다급히 파천혼수와 파천돈수를 교차했다.

콰아아아아아아아아앙!

하얗고 검은 빛이 뒤섞이며 원형의 구를 만들어가기 시작했다.

그것이 바로 멸세천마조차 소멸시켰던 파멸의 힘, 파천황이었다.

그 순간 천마흑호 속에서 철가면 사내가 튀어 나와 파천황 속에 검을 찔러 넣었다.

완성되지 않은 파천황 속에 숨겨져 있던 미세한 균열!

그 균열을 볼 수 있는 건 야수감각도를 완성한 철가면 사내 뿐이었고, 그 균열을 벌릴 수 있는 사람 역시 철가면 사내뿐이었다.

콰아아아아아아아아아아!

파천황이 깨어지며 사방으로 흩어져 나갔다.

완성되지 않은 파천황이라고 하여도 그 여파는 사람이 감당할 수 있는 것이 아니었다.

286 14

그 힘을 정면으로 받아야 했던 철가면 사내는 찢기고 갈라져 나갔다.

하지만 아무도 그를 걱정하지는 않았다.

철가면 사내가 죽음과 싸워 이겨낸 대가로 얻은 힘은 불사!

단 한 점의 살점만 남아있더라도 시간이 흐르면 본래의 형상을 되찾을 수 있다.

수라천마의 복제인형 역시 완성직전에 터져버린 파천황의 여력을 받아내야 했기에 핏물을 뿜으며 뒤로 날아갔다.

그 뒤를 신검이 쫓았다.

검은 신의 것!

신은 검의 것!

검신지경!

하나의 검이 된 신검은 빛이 되어 날았고, 수라천마의 복제인형은 미간에 수라마안을 형성하더니, 푸른빛의 기둥을 뿜었다.

하지만 신검이 푸른빛의 기둥을 가르며 나아갔고, 수라천마의 복제인형의 복부를 뚫고 빠져나왔다.

"크어어어어어어억!"

수라천마의 복제인형은 입을 찢어져라 벌렸고, 그 안에서 핏물이 마구 튀어 나왔다.

천마
재생

신검 역시 무사할 수는 없었는지, 끈 떨어진 연이 되어 바닥으로 떨어져 내렸다.

수라천마의 복제인형은 다급히 홍화무장들을 나서게 하려 고개를 돌렸다.

그때 괴겁마령이 검은 장막이 되어 그들을 덮쳐가는 광경만 볼 수 있었다.

검은 장막에서 바람의 구렁이와 화염의 늑대무리가 튀어나와 홍화무장들을 향해 날려들고 있었다.

하지만 홍화무장의 매서운 공세에 무력하게 흩어질 뿐이었다.

그때 장막 속에서 불투명한 덩어리가 마구 튀어 나오기 시작했다.

사람.

그것들은 분명 사람의 형상을 하고 있었다.

지금까지 드러낸 적이 없던 괴겁삼재의 마지막 겁재, 겁수아귀(劫水餓鬼)였다.

세상에 가장 위험한 짐승은 무엇일까?

짐승의 왕이라는 호랑이?

아니다.

바로 사람이다.

사람이야 말로 가장 위험하고, 사악하고, 탐욕적이다.

그 탐욕의 덩어리가 홍화무장들을 향해 마구 달려들고

있었다.

베어도 죽지 않는다.

마치 물로 이루어진 것만 같았다.

겁수아귀는 홍화무장들을 죽일 수는 없었지만, 달려들어 그들의 발길을 막기에는 충분했다.

그 사이 혈우마령과 철리패가 동시에 수라천마의 복제인형을 향해 몸을 날렸다.

콰아아아아아앙!

혈우마령은 수라천마의 복제인형의 왼팔을, 그리고 철리패는 오른팔을 끊어내고 튕겨 날아갔다.

"크아아아아아아아악!"

고통에 울부짖는 수라천마의 복제인형에게 새하얀 날개를 단 위수한이 날아든다.

"고맙소, 내 손에 죽어줘서."

스으윽.

위수한이 복제인형의 머리를 스치며 날아갔다.

그 순간 복제인형의 목소리가 멈췄다.

그리고 목에 길게 하나의 혈선이 그어졌다.

복제인형이 힘없이 속삭였다.

"아쉽군. 한 번 더 싸우면 내가 이길 텐데."

그 사이 공중을 한 바퀴 휘돌아갔다가 복제인형의 앞으로 돌아온 위수한이 마주 보며 말했다.

천
마
재
생

"그럼 되살아나 보던가. 누구처럼."

복제인형이 피식 웃었다.

"그럴 정도로 아쉽지는 않아."

툭.

복제인형의 머리가 툭 하고 떨어져 내렸다.

위수한은 그의 머리통을 내려 보며 속삭였다.

"그건 다행이네."

위수한이 시선을 떼고, 주변을 둘러보았다.

신검과 철리패, 철가면 사내, 그리고 혈우마령의 모습은 보이지 않았다.

괴겁마령 만이 홀로 홍화무장들과 싸움을 벌이고 있었다.

위수한은 괴겁마령 쪽으로 다가가려다 말고, 몸을 돌렸다.

멀리 검은 거인만이 홀로 우뚝 서 있는 광경이 보였다.

그것의 발밑, 쓰러져 있는 새하얀 거인은 새하얀 재가 되어 흩어지고 있었다.

위수한은 그 광경을 가만히 노려만 보다가, 무슨 결심을 했는지 이를 악 물었다.

그리고 쓰러져 있는 새하얀 거인을 향해 빛살이 되어 날아갔다.

†

쇄애애애애애애액!

새하얀 빛살이 공중에 부유하는 암석과 잔재를 뚫고 가르며 나아간다.

저 하늘 위 누군가가 혼탁해진 하늘에 새하얀 선을 쭉 그어버리는 듯하다.

황봉 중에서도, 아니 홍화무장을 모두 포함하더라도 가장 빠른 속도를 자랑하는 위수한만이 가능한 신위였다.

하기에 그는 십여 리 정도 떨어져 있던 수라천마 장후와 홍화신의 격전지까지 순식간에 도착할 수 있었다.

하지만 그는 바닥에 쓰러져 있는 새하얀 거인의 근처에 내려서지 않고, 공중을 크게 선회했다.

더 접근했다가는 검은 거인이 된 홍화신이 뿜어내는 기운에 짓눌려 압사할지도 모른다는 위기감 때문이었다.

'엄청나구나!'

위수한은 당금 세상에 제일이라고 불릴만한 실력자였다.

그런 그가 단지 뿜어내는 기운만으로 죽음의 위협을 느끼다니.

과연 시천마라고 해야 할까.

아니면 천년이라는 긴 세월동안 세상을 제멋대로 주물

291

러왔던 어둠의 주재자답다고 해야 하나.

하지만 위수한은 위수한다웠다.

"시파! 더럽게 오래 산 늙은이답게 더럽게 꼬장부리네. 누가 쫄 줄 아나."

위수한은 욕을 잘 한다.

욕을 하면 마음이 가벼워지기 때문이다.

그 가벼움은 고통을 덜기도 하고, 두려움을 밀어내기도 한다. 또한 투지를 북돋기도 한다.

위수한은 그 가벼움을 무기로 삼아왔다.

밀어내면 밀리고, 던지면 날아갔다.

그럼으로써 거친 세상의 풍파를 버틸 수가 있었다.

하지만 항상 가벼울 수는 없다.

가끔은 무거워야 한다.

천 년을 한 자리에 버텨온 나무처럼.

아니, 산처럼!

이렇게 말이다.

화르르르르르.

두 날개가 넓고 커지며, 위수한의 전신을 휘감았다.

검은 거인이 뿜어내는 압력에 날개는 눌리고 갈라져 마치 깃털과도 같은 파편을 마구 떨구었다.

지독한 압력이었다.

하지만 위수한은 견뎌내며 빠르게 아래로 내려와 새하얀

거인의 가슴 위에 내렸다.

지금 이 순간에도 새하얀 거인은 점점 옅어지며 사라지고 있었다.

덕분에 그 안에 잠겨 있던 장후의 모습이 윤곽을 드러냈다.

위수한은 그 모습을 보며 속삭였다.

"선배, 당신께서도 질 수가 있군요. 몰랐습니다."

정말 몰랐다.

수라천마 장후가 지다니.

상상치도 못 했던 결과였다.

저 홍화신이라면, 최초로 천마라고 불렸던 저 괴물이라면, 저 괴물은 단지 뿜어내는 기운만으로도 이렇게 몸이 부서져버릴 듯이 고통스러울 정도로 가공하지만, 그래도 장후가 질지는 몰랐다.

수라천마 장후가 모르는 것은 한 가지, 패배뿐이었으니까.

생사를 건 승부에서 패한 수라천마 장후라니.

위수한은 그런 날이 오기를 무척 바랐다.

기다려도 오지 않는다면, 언젠가 자신의 손으로 그런 날을 만들어 내겠다고 각오해 왔었다.

그때엔 죽어가는 장후를 내려 보며 크게 웃음을 지으리라.

천마재생

만악의 근원을 잘라냈다며 외치며 환희의 포효를 하리라.

그리 여겼다.

그런데 화만 났다.

참을 수 없을 정도로 화만 날 뿐이었다.

우우우우우우웅.

검은 거인이 뿜어내는 압력이 거세진다.

"으으음."

위수한은 저도 모르게 신음을 흘렸다.

비천신기의 방어형태인 비천익갑을 펼쳤음에도 견디기가 힘들었다.

그래, 이 정도이니까 수라천마 장후에게 패배를 안길 수가 있었겠지.

갑자기 검은 거인이 뿜어내던 압력이 사라진다.

그 대신 검은 거인은 천천히 손을 들어 올려 위수한을 가리켰다.

지금까지는 그저 달라붙은 고양이를 쫓기 위해 고함을 지르는 것과 같았다면, 이제는 몽둥이로 때려잡겠다는 듯하다.

아니나 다를까.

검은 거인의 거대한 손 위에 검은 기운이 핏빛 기운이 흘러나오더니 둥글게 맺히기 시작했다.

엄청난 힘이 느껴진다.

수라천마의 복제인형이 마지막 순간 구사하려던 파천황과 견줄만하다.

위수한을 잡는 김에 그 안에 있는 수라천마 장후까지 죽여버리겠다는 걸까?

아니, 그 반대이겠지.

위수한은 공의 형태를 이루어가는 핏빛 덩어리를 노려보며 침을 꿀꺽 삼켰다.

'버틸 수 있을까?'

아무래도 어려울 듯싶다.

그럼에도 위수한은 자리에서 떠나려 하지 않았다.

그저 검은 거인의 손바닥을 가만히 노려보며 장후가 들으라며 말했다.

"선배, 기억하지요? 어렸을 적, 제가 당신께 했던 약속을 말입니다."

듣고 있을까?

듣고 있다.

잊었을까?

아니다.

잊지 않았을 것이다.

"저를 살려주신다면 한 번 목숨을 구해드리겠다는 약속, 오늘이 그 약속을 지킬 날인가 봅니다. 단 한 번, 제

295

천마재생

목숨을 걸고 막겠습니다. 그 사이 그 안에서 빠져나와 도
주하십시오."

위이이이이이이잉.

위수한의 전신을 감싼 비천익갑이 더욱 두껍고 단단하
게 부풀어 올랐다.

"단 한 번뿐이오. 선배, 내 목숨을 헛되게 쓰지 마시오.
그리고 들으시오. 당신께 당신조차 모르는 것을 하나 가르
쳐 드리겠습니다. 패배를 극복하는 방법입니다. 창피해하
지 마십시오. 좌절하지 마십시오. 두려워하지 마십시오.
그저 받아들이십시오. 그리고 감사하십시오. 오늘이 생의
마지막 순간이 아니며, 내일을 살며 모레를 준비할 수 있
다는 것에. 그리고 이 자리에 다시 서십시오. 그거면 됩니
다. 그때는 지지 마십시오. 제가 다시 살려드릴 수는 없으
니까요."

위이이이이이이이잉!

거대한 손에 맺힌 공과 같은 형태를 한 핏빛 기운은 더
는 기다려줄 수 없다며 짜증부리는 듯이 꿈틀거렸다.

이제 튀어 나오려는 모양이다.

위수한이 짧은 한숨을 내쉬었다.

"미련이 남는구나."

한 시대를 풍미한 거인 협왕 위수한이 죽음을 앞두고 떠
올릴 만한 미련이 무엇일까?

"아! 이렇게 죽을 줄 알았다면 걔를 어떻게든 꼬셔서 자는 건데……."

그 순간 검은 거인의 손에 맺힌 핏빛공이 튀어 나와 위수한을 향해 날았다.

동시에 위수한은 몸을 앞으로 내밀었다.

그러자 그의 몸을 휘감은 날개가 겹치며 방패처럼 날아오는 핏빛 공을 마주대했다.

콰아아아아아아아아아아아아앙!

굉음과 함께 위수한이 입에서 핏물이 튀어 나왔다.

새하얀 날개는 깃털이 되어 사방으로 흩어졌고, 핏빛 공은 노을이 되어 흩어졌다.

막아낸 것이다.

위수한은 나름의 성취감을 느꼈지만, 다음 순간 거인의 거대한 손 위로 또 하나의 핏빛 공이 맺혀 있는 것을 발견하고는 그대로 굳어버렸다.

더구나 그건 조금 전에 날아왔던 것보다 반배 정도 크기까지 했다.

이 격돌이 위수한에게는 목숨을 걸어야 했던 승부였지만, 검은 거인에게는 그저 희롱에 불과했던가?

허망하다.

위수한은 힐끔 고개를 돌렸다.

장후는 아직도 하얀 거인 속에서 죽은 것처럼 깃들어

천마재생

있었다.

다만 조금 전과는 달리, 미세하게 손끝이 움직이는 것이 보였다.

시간이 더 필요한 거다.

검은 거인의 손에 맺혀 있는 저 핏빛 공을 한 번 더 막아 내야 한다.

'가능할까?'

조금 전 핏빛 공을 막느라, 위수한은 모든 진기를 소모했다.

목숨을 붙들어주는 힘, 선천지기까지 대부분 사용하고 말았다. 이렇게 살아있는 것이 오히려 신기하다고 할 수 있는 지경이었다.

그런데 저걸 또 한 번 막는다고?

불가능하다.

그런 건 옛 이야기 속에나 나올 법한 기적이라 하겠지.

위수한이 피식 웃었다.

"그 기적이 지금 일어나지 않는다고 누가 그래?"

기적을 이루려다가 죽는 것 또한 나쁘지 않겠지.

그런 위수한의 각오가 우습다는 듯, 거인의 거대한 손 위에 맺힌 핏빛 공이 그를 향해 튀어 나왔다.

위수한은 비천신기를 운용하려 했지만, 단 한 점의 기운조차 흘러나오지 않았다.

대신 위수한은 주먹을 쥐더니, 핏빛 공을 향해 힘껏 뻗었다. 그러며 입을 찢어져라 벌리며 외쳤다.

"내가 협왕 위수한이다아아아아아아아!"

위수한의 힘없는 주먹질이 핏빛 공의 표면을 가격한다.

떨어지는 유성을 나뭇가지를 휘둘러 자르겠다는 것이나 다름없다.

헌데, 위수한의 주먹에 강타하는 순간 핏빛 공이 균열이 일더니 빛을 뿜으며 터져 나갔다.

콰콰콰콰콰콰콰콰!

그 폭발의 여파를 검은 거인조차 버틸 수가 없는지, 뒤뚱거리며 물러섰다.

위수한은 자신의 전면에 드러난 사방 백여 장 넓이의 공터를 바라보며 입을 쩍 벌렸다.

"이게 대체 어떻게……?"

위수한의 시선이 자신의 주먹과 핏빛의 공이 폭발하며 만들어낸 공터를 옮겨 다녔다.

"기적인가?"

그때 위수한의 등 뒤에서 짜증어린 목소리가 흘러 나왔다.

"비켜라. 걸리적거리지 말고."

위수한은 휙 고개를 돌렸다.

그곳에 주먹을 뻗은 자세로 서 있는 장후가 보였다.

장후가 짜증이 난 듯이 눈살을 찌푸리며 말했다.

"살려줘? 네가? 나를?"

답답하다는 듯 짧은 한숨을 내쉬며 턱 끝으로 검은 거인을 가리킨다.

"네 덕분에 저것이 살았지."

위수한이 눈을 껌뻑이며 말했다.

"네?"

위수한은 직감적으로 알아챌 수 있었다.

수라천마 장후는 진 것이 아니라 홍화신을 없애기 위해 뭔가를 시도하던 중이었고, 그것을 자신이 방해했다는 것을.

장후가 허탈한 표정으로 말했다.

"결국 네가 수라천마 장후를 죽이는 구나."

말을 맺는 동시에 장후의 전신에 균열이 일기 시작했다. 쩍쩍 소리까지 내며 갈라지는 모습이 당장에 조각이 나 떨어질 것만 같았다.

"서, 선배?"

장후는 당황하는 위수한의 곁을 지나쳐 앞으로 걸어 나갔다.

걸음을 옮길 때마다 파편이 툭툭하고 떨어져 내린다.

그 틈을 놓칠 수가 없는지, 검은 거인이 양 손에 핏빛 공을 만들어 장후를 향해 던졌다.

장후는 날아오는 핏빛 공을 바라보며 속삭였다.

"역시 나로는 안 되는가?"

그러며 거미줄처럼 균열이 가득한 오른손을 힘없이 들어올린다.

날아온 핏빛 공이 장후의 오른손 앞에 이르렀다.

콰콰콰콰콰콰콰쾅!

굉음과 함께 사방이 하늘과 땅이 뒤흔들렸다.

하지만 핏빛 공은 균열이 가득한 장후의 손바닥에 막힌 채 더는 앞으로 나아가지 못했다.

하지만 그 와중에도 장후의 전신에 가득한 균열은 점점 더 늘어나고 있었다.

저 미로 같은 균열이 다 이어지는 순간 당장이라도 조각으로 끊어져 내려앉을 것만 같다.

그럼에도 장후의 표정은 담담하기만 했다.

죽음과 패배를 인정한 것일까?

그런 것 같지는 않았다.

바로 곁에서 그를 지켜보던 위수한은 뭔가를 알았다는 듯 짧은 탄성을 뱉었다.

"아! 그렇군요. 수라천마 장후는 죽었군요."

장후가 말했다.

"네가 죽인 것이지."

위수한이 고개를 살짝 저었다.

"그건 아니지요."

그 순간 장후가 핏빛 공을 막고 있던 오른손의 아귀를 천천히 굽혔다.

콰아아아아아아아아앙!

핏빛 공이 깨어지며 사방으로 흩어진다.

그 폭발의 여파로, 장후의 전신을 수놓은 균열은 쩍쩍 갈라지며, 파편이 되어 날아갔다.

흩어져 가는 균열의 안에서 뭔가가 튀어 나온다.

사람이었다.

그 모습이 위수한에게는 낯설지 않았다.

수라천마 장후가 다시 세상에 나타난 순간부터 이곳 홍화국에 오기 전까지 보여주었던 외양이었기에.

남장후.

그래, 남장후였다.

남장후는 홍화국에 들어서기 바로 직전부터 과거 수라천마 장후라고 불렸던 시절의 모습으로 돌아갔었다.

그것이 과거의 그를 아는 이들에게는 보다 익숙했고, 당연한 것이었다.

맞지 않는 옷을 벗어던진 것만 같았다.

하지만 그 반대였던 것이다.

수라천마 장후의 모습을 하고 있었기에, 수라천마 장후

처럼 생각하고 움직였기에 홍화신을 상대하기 어려웠던 것이다.

수라천마 장후의 의식을 벗어 던져야 만이 본래의 실력을 다 발휘할 수 있었던 것이다.

그러기 위해서는 남장후는 자신이 수라천마 장후가 아님을 인정해야만 했던 것이다.

콰아아아아아아아앙!

남장후가 땅을 박차더니 검은 거인을 향해 몸을 날렸다.

그 뒷모습을 지켜보며 위수한은 속삭였다.

"수라천마 장후는 이미 예전에 죽었던 거구려."

검은 거인은 자신을 향해 날아드는 남장후를 향해 핏빛 공을 집어던졌다.

남장후는 마주 날아오는 핏빛 공을 피하지 않았다. 오히려 속도를 높여 그대로 나아갔다.

남장후의 몸이 핏빛 공을 뚫으며 들어간다.

콰아아아아아아아아앙!

핏빛 공을 관통하고 나온 남장후는 검은 거인의 앞에 이르렀고, 바로 오른 주먹을 뻗었다.

콰아아아아아아아아앙!

굉음과 함께 검은 거인의 오른쪽 어깨에 거대한 구멍이 뚫렸다.

남장후가 왼손을 가로 그었다.

천마재생

쇄애애애애애애애애애액!

광풍이 일며, 검은 거인의 오른 다리가 잘려 나갔다.

검은 거인은 허물어지듯 주저앉았고, 정수리를 향해 남장후가 낙하했다.

콰아아아아아아아아아앙!

굉음이 울리며 검은 거인의 머리가 터져 나갔다.

남장후의 모습도 보이지 않았다. 거인의 목 안으로 파고들어간 듯했다.

아나나 다를까, 거인의 몸이 목에서부터 부풀어 오르더니, 안쪽에서부터 터져 나간다.

콰콰쾅콰쾅!

콰콰콰콰콰쾅!

검은 거인은 연거푸 폭발했고, 결국 형체조차 남기지 못하고 사방으로 흩어졌다.

검은 거인이 있던 자리, 남장후가 서 있다.

어깨 위로 들린 그의 오른손은 한 사내의 목을 굳게 잡고 있었다.

홍화신이었다.

홍화신은 축 늘어져 있었다.

죽은 걸까?

그런 것 같지는 않았다.

힘없는 눈으로 남장후를 멍하니 바라보고 있을 뿐이었다.

304
14

자신의 패배가 믿기지 않아서 일까?

그의 눈빛은 꿈결처럼 몽롱하기만 했다.

홍화신이 입이 벌어진다.

"끝이군. 크훗. 크하하하하하하핫!"

뭐가 그리 웃긴 걸까?

홍화신은 미친 듯이 웃어댔다.

"드디어 끝이야. 푸하하하하하하하핫! 죽는다. 드디어 내가 죽는 거다! 드디어 이 길고 긴 잠에서 깨어나는 거다! 푸하하하하하하하하핫!"

홍화신이 어느 순간 웃음을 거두고 가엾다는 눈으로 남장후를 바라보았다.

"난 너라는 꿈을 꾸었다. 나를 이 긴 잠에서 깨어줄 악몽으로 너를 선택했고, 기다렸다. 결국 난 이 잠에서 깨어나겠구나. 하지만 너는? 참으로 불쌍하구나."

그제야 남장후의 입이 벌어진다.

"강호의 미친 것들은 누구나 꿈을 꾸지. 너라고 다르진 않았구나."

"너는?"

"나 역시 꿈을 꾸었지. 제대로 살아보고 싶다는 꿈을."

"꿈을 이루었느냐?"

남장후는 입을 다물었다. 잠시 후 그의 입이 다시 벌어졌다.

천마
재생

"잊었어. 꿈같은 걸 꿀만 한 시간이 없었거든."

"실로 가엾구나."

"아니."

남장후가 입 꼬리를 살짝 올려 흐릿한 미소를 지으며 말했다.

"즐거웠어."

그 순간 홍화신의 눈매에 힘이 실렸다.

그 눈에서 읽을 수 있는 감정은 질투와 동경이었다.

홍화신은 남장후에게서 동질감이나 동료의식 같은 것을 기대했던 걸까?

홍화신이 말했다.

"아니야. 넌 착각하고 있는 거야. 넌 그저 너무나 지친 것 뿐이야. 나처럼 말이지. 그러니 도와주지. 너 역시 나처럼 이 긴 잠에서 깨어나도록 말이야."

그가 말을 맺는 동시에 주변이 어두워지기 시작했다.

위이이이이이이이이이잉.

벌이 무리지어 날아다니는 듯한 기묘한 소리가 하늘과 땅, 동서남북에서 흘러나온다.

이곳 개화암시를 가두었던 정체모를 검은 벽이 늘어나며 땅을 가두며 하늘을 덮어가고 있었다.

남장후가 홍화신을 노려보며 속삭이듯 말했다.

"단 한 명은 살아나가도록 되어 있던 게 아니었나?"

홍화신이 빙긋 웃었다.

"그랬었나?"

"약속을 지키지 않는 군. 실망이야. 물론 지킬 거라고 여기지도 않았지만."

스스스스스.

홍화신의 목을 쥔 남장후의 손에서 새하얀 기운이 흘러나왔다. 기운은 그대로 홍화신의 몸으로 스며들어가 그의 몸을 하얗게 채색해 나아갔다.

눈으로 만든 인형처럼 변해버린 홍화신은 기쁘다는 듯이 환한 미소를 머금고 속삭였다.

"드디어 모든 게 끝이구나."

"아니. 너만 끝이지."

그러며 남장후는 홍화신의 목을 힘주어 잡았다.

그러자 홍화신은 가루가 되어 부서졌고, 사방에서 불어오는 바람에 쓸려 이리저리 날아오르더니 흩어져 버렸다.

천년, 아니면 그 몇 배가 넘는 세월을 살아가며 세상을 제멋대로 가지고 놀았던 괴물답지 않은 허망한 최후였다.

남장후는 여운에 잠긴 듯 바람을 타고 흩어져가는 홍화신의 잔재를 바라만 보았다.

하지만 그에게 시간을 줄 수 없다는 듯 어둠은 점점 더 짙어지고 있었다.

"이게 뭡니까?"

위수한의 목소리에 남장후는 상념에서 벗어나 찬찬히 주변을 둘러보았다.

그 사이 검은 벽은 하늘을 물샐 틈 없이 닫아 버렸다.

발밑의 땅 역시 검은 기운이 얕게 깔려 물처럼 일렁이고 있었다.

남장후는 미간을 좁히며 말했다.

"설명하자면 길어."

위수한이 바로 되물었다.

"길게 설명할 시간이 없다는 소리로 들립니다만?"

"그렇지. 짧게 설명하면, 파천황 같은 거랄까?"

파천황.

멸세천마를 소멸시켰던 파멸의 힘이며, 조금 전 수라천마 장후의 복제인형이 보여주었던 그것.

남장후가 설명이 약간 부족하다 싶었는지 부연하듯 말했다.

"파천황을 수천 배 정도 늘였다고 해야 하나?"

위수한이 침을 꿀꺽 삼켰다.

"위력도 수천 배나 된다는 건 아니겠죠?"

"그 정도는 아니지. 하지만 수십 배 쯤은 될 거야."

위수한이 짙은 한숨을 내쉬었다.

"그렇군요. 참 위로가 됩니다. 그러니까 이제 다 죽는다는 거죠?"

남장후가 고개를 살짝 저었다.

"아니."

그 순간 위수한의 눈이 크게 벌어졌다.

"그렇다면!"

남장후가 고개를 끄덕였다.

"그래. 나만 살 수 있지, 그러길 원한다면."

위수한의 눈에 힘이 풀려 반으로 줄어들었다.

하지만 다음 순간 위수한의 눈은 다시 크게 벌어졌다.

"혹은 나만 죽을 수도 있지, 그러길 원한다면."

위수한이 침을 꿀꺽 삼켰다.

남장후가 그런 위수한을 돌아보며 장난치듯 물었다.

"내가 무엇을 원할 것 같은가?"

위수한은 대꾸하는 대신, 입을 굳게 다물었다.

혼자 살아남는 것과 혼자 죽는 것.

그 두 개의 선택지를 놓고 고민할 게 무엇이 있을까?

선택은 명확했다.

예전에 수라천마 장후라면 그랬을 것이다.

하지만 지금은 알 수가 없었다.

다시 태어난 수라천마 장후는 너무도 변했으니까.

아니, 아예 다른 사람이니까.

남장후는 빙긋 웃었다.

"그렇지? 그럴 거야."

위수한이 고개를 크게 저었다.

"아니요. 아닙니다. 다른 방법이 있을 겁니다! 분명 있을 겁니다!"

남장후가 가볍게 고개를 끄덕였다.

"있겠지. 언젠가는 떠오르겠지. 하지만 지금은 없어."

그러며 남장후는 무릎을 굽혔다.

그의 몸에서 새하얀 기운이 흘러나와 휘몰아치기 시작했다.

위수한이 크게 외쳤다.

"선배! 잠시 만요! 잠시만 더 생각해 봅시다! 잠시만 더……!"

벽처럼 앞을 그의 시야를 가려버린 새하얀 광풍 속에서 남장후의 목소리가 흘러나온다.

"수한아."

위수한이 입이 다물렸다.

다시 남장후의 목소리가 흘러 나왔다.

"수한아."

위수한이 무릎을 꿇고 고개를 숙였다.

"네, 사, 사……부."

"내 꿈은 너였다. 난 너처럼 살고 싶었다. 너이고 싶었다."

위수한이 애걸하듯 말했다.

"사부, 그렇게 살면 되지 않습니까? 네?"

"그래. 너처럼 살아보마. 마지막으로 단 한 번만."

위수한은 부들부들 떨며 고개를 푹 숙였다.

그의 귀로 남장후의 목소리가 흘러든다.

"넌 계속 나의 꿈으로 남아다오."

"정진하겠습니다, 사부. 평안히 가십시오."

"고맙구나."

위이이이이이이이이이이이이이이이이이이이잉!

새하얀 광풍이 더욱 부풀며 어느 순간 공중으로 솟구쳐 올랐다.

그러자 온 세상을 검게 물들이던 벽이 안개처럼 흩어져 새하얀 광풍 속으로 빨려들기 시작했다.

덕분에 주변은 점점 밝아지기 시작했고, 공중에 휘도는 새하얀 광풍은 검은 안개를 머금고 잿빛으로 변하며 부풀어 올랐다.

위이이이이이이이이이이이이잉!

시간이 흐르며 온 세상을 휘감았던 검은 벽은 사라졌고, 공중에 휘도는 거대한 잿빛 바람의 덩어리만이 남아버렸다.

세상 모든 것이 그 안으로 빨려들 것만 같다!

어느 순간 바람의 덩어리가 뚝 하고 멈추었다.

천마재생

그러더니 머금었던 모든 기운이 실처럼 올올히 풀리며 흐려지기 시작했다.

제 빛살을 찾은 푸른 하늘 위에 이리저리 흘러가는 회색 기운은 거대한 붓으로 하늘에 그림을 그리는 듯이 오묘하고 아름다웠다.

어느 순간 먹물이 떨어진 듯 회백색 기운 역시 사라졌다.

푸른 하늘 위에는 그 어느 것도 보이지 않았다.

맑은 하늘을 향해 누군가가 울부짖듯 외쳤다.

"사부님! 평안히 가십시오!"

그것은 이 나라 홍화국의 평화가 왔다는 알림이자 천종 쟁패의 끝을 알리는 신호만 같았다.

終章.

세월은 많은 것을 지운다.

꼭 잊지 말아야 할 추억도, 그러지 않겠다는 다짐과 각오조차도, 시간이라는 웅덩이는 저 밑바닥으로 끌어내려 버린다.

허망하다고 해야 하나?

아니면 야속하다고 해야 할까?

아니지.

그보다는 지난 시간보다는 앞으로 다가올 미래를 더욱 매진하라는 질책이라고 하겠지.

앞으로도 더 쌓이고 더 많이 가라앉을 것이니, 이 웅덩이를 더욱 크고 넓히라는 뜻이겠지.

그래, 그런 걸게다.

과거는 잠시 가슴에 묻는 거다.

그리고 열심히 살아가다가 이렇게 적적한 밤에 한 잔 술에 더불어 안주 삼아 꺼내면 되는 것이지.

"잘 한다, 잘해. 술이 넘어가오, 지금?"

들려온 질책의 말에 위수한은 찔끔거리며 목을 숨겼다.

슬쩍 고개를 돌리니, 맹인노인이 혀를 차며 다가오고 있었다.

"와, 왔냐? 어떻게 알고 왔냐?"

맹인노인, 오금맹노는 파르르 떨며 다가와 위수한의 맞은편에 털썩 앉았다.

"잔 좀 내놓으시오."

"너도 한 잔 하게?"

"아니. 형님 얼굴에 던져버리게."

"그게 형님한테 할 소리냐?"

"그렇지요? 내가 그냥 칼을 들고 휘둘러야 하는데. 전쟁을 코앞에 두고 기루나 찾아와 술이나 퍼먹는 인간을 내가 형님이라고 부르고 있으니. 에휴우우우."

위수한이 콧방귀를 뀌었다.

"전쟁은 무슨 전쟁. 다 이러다 마는 거지 뭐."

천마재생

오금맹노가 정색했다.

"정말 그리 여기시오? 정말 그러오?"

"그리 되게 만들어야지."

"어떻게요?"

위수한이 한숨을 길게 내쉬었다.

"하아아아아. 나도 몰라, 인마. 장후 선배의 무덤이라도 가서 물어봐야지 뭐. 그 양반이라면 알 텐데 말이야."

오금맹노가 입을 다셨다.

"칠 년 전에 죽은 사람을 왜 들먹입니까?"

"술 먹어서 그래, 술 먹어서. 그래, 벌써 칠 년이 지났구나."

위수한은 고개를 들어 올려 밤하늘을 바라보았다.

바로 어제 같은데, 벌써 칠 년이라는 시간이 흘렀다.

수라천마 장후, 아니 남장후가 죽은 후, 세상은 평화로웠을까?

아니었다.

홍화신이 사라진 홍화국은 평화를 찾았을까?

그 또한 아니었다.

오히려 더한 난세의 시작되었다.

천종쟁패에서 홍화신과 염황, 그리고 열두 명의 제후 역시 목숨을 잃어 구심점이 없어진 홍화국은 격랑 속에 놓인 배와 같았다.

각지에서 주인이 되기 위한 이들이 영웅을 자처하며 튀어 나왔고, 이합집산을 거듭했다.

하지만 그들을 노리는 늑대는 따로 있었으니, 바로 이 대륙의 토호세력이었다.

홍화국이라는 신비의 대륙이 지척에 존재하였음을 깨달은 강호의 세력들은 저마다 바다를 건너 약탈을 벌였고, 결국 칠 년이 지난 지금 두 대륙 간의 전쟁으로 이어지려 하고 있었다.

위수한과 그를 따르는 정파무림이 중재를 시도하고는 있지만, 사마귀가 달리기 시작한 마차를 멈춰 세우려는 것이나 다름없었다.

"대장군, 아니 마혼흑장(魔魂黑將)께서는 소식이 없소?"

마혼흑장.

불의와 악행이 자리한 곳이면 집채만 한 검은 호랑이와 함께 나타난다는 협객.

팔다리가 잘려나가도 죽지 않는다고 하여 불사흑장(不死黑將)이라고도 불렸다.

위수한이 고개를 저었다.

"없지. 내가 부른다고 올 분도 아니고."

"권황께서는요?"

"당신의 전장이 아니라 하시더라."

천마재생

"신검 어르신은요?"

"몰라. 하늘로 솟았나, 땅으로 꺼졌나. 어디 있는 줄 나도 알고 싶네."

"그러면 사대마령이라도?"

"왜? 전란을 부추기고 싶어? 아예 다 죽자고?"

오금맹노가 머리를 북북 긁었다.

"아! 그럼 어쩝니까! 우리만으로 될 일이 아니라니까요."

위수한이 그에게 지지 않겠다는 듯 자신의 머리를 박박 긁었다.

"아아아아! 그럼 어쩌냐! 내가 무슨 힘이 있어!"

그러더니 갑자기 뚝 멈추고 눈매를 칼날처럼 얇게 여몄다.

"누군가 있어. 이게 상황이 너무 작위적이란 말이야. 뒤에서 움직이는 놈이 분명 있는 것 같은데, 누군지를 모르겠네. 그 놈이 누군지만 알면……."

-요웅(妖雄).

위수한이 눈이 커졌다.

"뭐라고?"

오금맹노가 고개를 갸웃거렸다.

"뭐가요?"

"방금 네가 뭐라고 했잖아."

"제가 뭘요?"

그때였다.

-요웅이다. 알아봐.

위수한을 벌떡 일어섰다.

"요웅? 그래, 요웅!"

사도의 맹주인 요웅!

그라면 그럴 만한 역량을 갖추고 있다.

또한 그럴만한 이유도 충분했다.

지금껏 세상에 벽을 세우고 똬리를 틀고 앉아 기회를 엿보고 있던 그라면, 이 시기를 놓칠 리가 없었다.

왜 그를 잊고 있었을까?

"그런데 이 목소리는?"

위수한은 휙 고개를 들어 밤하늘을 올려 보았다.

먼 하늘 위, 한 줄기 유성이 가로지르고 있는 광경이 보였다.

"설마……?"

†

창리현의 남쪽에 위치한 푸른 기와집, 문이 열리며 한 청년이 나온다.

청년은 나오자마자 돌아서 문 안쪽을 향해 말했다.

317

천마재생

"그럼 어머니, 다녀오겠습니다."

문 안에서 여인의 목소리가 흘러나와 화답했다.

"그래, 너무 늦지 말고."

"네, 어머니."

청년은 대문을 닫고 돌아서, 걸음을 옮겼다.

하지만 몇 걸음 걷다 말고 그대로 멈췄다.

그의 앞에 홀연히 나타난 그림자 때문이었다.

"그 동안 수고 많았다."

그림자의 주인이 하는 말에 청년은 고개를 숙였다.

"아닙니다."

"별일은 없었느냐?"

"없었습니다. 다만 어머니께서 기다리셨습니다."

"그래? 역시 그랬더냐?"

청년은 고개를 숙였다.

"네."

"백운산에 가 있어라. 차후 내가 할 일을 일러주마."

청년은 다시 고개를 숙였고, 그림자의 주인은 청년을 지나쳐 대문을 향해 걸어갔다.

대문 앞에서 멈추더니 의복을 정돈한 후 천천히 손을 뻗는다.

춥기라도 한 걸까?

대문의 문고리를 향해 나아가는 그의 손은 겨울바람에

놓인 앙상한 나뭇가지처럼 파르르 떨리고 있었다.

삐그덕.

대문이 소리를 내며 열렸고, 그림자의 주인은 힘겹게 문틀을 넘어 들어가며 말했다.

"어, 어머니?"

쉰 듯이 갈라진 그의 목소리가 대문 안쪽, 그리 넓지 않은 마당을 떠돌다가 한쪽 구석에서 옷을 널고 있던 중년여인의 등 뒤에 멈췄다.

중년여인은 뚝 멈추더니, 몸을 천천히 돌렸다.

대문을 향하는 그녀의 눈동자가 파르르 떨린다.

여인, 남부인은 잉어처럼 입을 뻐끔거리다가 힘겹게, 아주 어렵게 목소리를 자아냈다.

"왔니? 이번엔 많이 늦었구나."

그림자의 주인이 고개를 푹 숙이며 말했다.

"다녀왔습니다."

남부인이 이불을 던지고 달려가 그림자의 주인을 끌어안았다. 그리고 마구 그의 등을 두들겼다.

"왜 이리 늦었어! 왜 이렇게 늦어! 내가 얼마나 기다렸는데, 이 녀석아! 왜, 왜!"

그림자의 주인은 생각했다.

참 아프다고.

그리고 더는 이렇게 아프지 말아야겠다고.

'마지막으로 요옹, 그 녀석만 처리하면 되겠지?'

환한 미소를 짓고 있던 그림자 주인의 눈이 매섭게 빛을 발했다. 그 빛은 입가에 그려진 온화한 미소와는 달리, 섬뜩하기만 했다.

〈 大 尾 〉